# 내 논문을 대중서로

친절한 글쓰기를 위한 꿀팁 18가지

# 내 논문을 대중서로
## ─친절한 글쓰기를 위한 꿀팁 18가지

2022년 5월 22일 초판 1쇄 인쇄
2022년 5월 29일 초판 1쇄 발행

| | |
|---|---|
| 지은이 | 손영옥 |
| 펴낸이 | 박혜숙 |
| 디자인 | 이보용 |
| 펴낸곳 | 도서출판 푸른역사 |

우) 03044 서울시 종로구 자하문로8길 13
전화: 02)720-8921(편집부) 02)720-8920(영업부)
팩스: 02)720-9887
전자우편: 2013history@naver.com
등록: 1997년 2월 14일 제13-483호

ⓒ 손영옥, 2022

ISBN 979-11-5612-219-7  03800

# 내 논문을
# 대중서로

손영옥 지음

친절한 글쓰기를 위한
꿀팁 18가지

푸른역사

# 들어가며

논문을 책으로 내고 싶다고요?

주변 지인들이 종종 이런 말을 해옵니다. 그 마음, 이해가 갑니다. 저도 그랬으니까요. '저자'가 되는 건 교양인을 자처하는 뭇 사람들의 궁극적인 로망 아닌가요? 대통령의 글쓰기 노하우를 전하는 책이나 유명 저자들의 글쓰기 책이 베스트셀러가 되는 현상은 그런 로망 때문에 책을 사 보는 사람이 많아서겠지요. 사람들의 마음 깊숙한 곳에 깔린, 저자가 되고 싶은 욕망을 건드려 돈 벌려는 듯 페이스북 등에는 '석 달 만에 책 쓰기' 같은 솔깃한 문구로 호객하는 광고도 나오더라고요, 글쎄. 석 달 만에 책 쓰는 것, 그것도 처음 쓰는 사람에게는 가능한 일이 아닐 텐데 말입니다. 하지만 과장 광고라는 걸 알면서도 그 얄팍한 문구에 기대고 싶어 할 만큼 저자가 되고픈 욕망이 강렬하다는 걸 그 페북커는 간파하고 있는 것 아닐까요.

논문을 쓰는 과정은 꽤 힘듭니다. 얼마나 힘든지 대부분 연구자들은 한동안은 자신이 쓴 논문을 꼴도 보기 싫어하더라고요. 그런데, 사람 심리가 요상해서 좀 지나고 나면 그 논문을 단행본으로 내고 싶은 새로운 욕망이 스멀스멀 올라오기 시작합니다. 사실 논문은 쓴 연구자와 심사에 참여한 심사위원만 읽는다는 우스개가 있습니다. 그러니 산모의 고통에는 비기지 못하겠지만 오랜 진통 끝에 통과한 학위논문을 이왕이면 더 많은 이들에게 널리 읽히게끔 하고 싶다는 욕망은 민들레 홀씨의 종족 번식 욕망만큼 조용하면서도 강렬하지요. 그래서 새로운 질문이 자신의 내부에서 나오기 시작하기 마련입니다. 바로 이거요.

"그런데 논문을 단행본으로 어떻게 쓰지?"

이 책은 이 질문에 답하려 제 경험을 공유하고자 쓴 것입니다. 2020년에 나온 인문교양서 《미술시장의 탄생》(도서출판

푸른역사)은 제 박사학위논문 〈한국 근대 미술시장 형성사 연구〉(2015, 서울대)를 토대로 했습니다. 그런 점에서 논문을 책으로 쓰고 싶어 하는 이들에게 참고가 될 수 있을 거라고 생각합니다.

고백하자면, 이 책을 쓴 계기는 사심에서 출발했습니다. 무슨 사심이냐고요? 신문사 기자 생활을 하며 박사학위논문을 쓰는 과정도 힘들었지만, 그 논문을 책으로 펴내는 과정은 논문 쓴 시간 못지않게 오랜 시간이 소요됐습니다. 2019년 1월에 작업하기 시작한 초고는 1월 말에야 마무리돼 출판사에 넘겼습니다. 이후 출판사 편집자와 원고 수정 작업을 두 차례 더 하면서 퇴고한 원고를 그해 9월 초에 넘겼습니다. 그러곤 2020년 새해 들어 책 편집 작업에 들어가 추가로 손질한 끝에 4월에야 책이 탄생했거든요. 처음부터 단행본용으로 원고를 쓴 게 아닌지라, 박사학위논문과 추가로 학술지에 투고한 논문 등을 종합해 일반인도 관심을 가질 수 있게끔 단행본으로 '각색'하는 과정은 그만큼 녹록지 않았습니다.

그런 노력을 평가받아서였을까요. 《미술시장의 탄생》은 출간 직후 여러 신문의 북섹션에 톱기사로도 소개되는 등 큰 관심을 받았습니다. 이내 재쇄에 들어갔지만 인문서가 그런 것처럼 대중의 관심은 그리 오래가지 않았습니다. 다시 기름을 부어 제 책에 대한 관심이 타오르게 하고 싶었습니다. 무얼 할 수 있을까. 곰곰이 생각한 끝에 9월 무렵 박사학위논문을 단행본으로 낸 경험을 녹여 '박사논문 티 안 나는 단행본 쓰기 꿀팁'을 페이스북에 올려봤습니다. 반응이 예상 이상으로 '폭발적'이었습니다. '좋아요'가 쌓이고 많은 이들이 이 글을 공유했습니다. 사람들이 논문을 책으로 내고 싶어 하는 욕망의 깊은 우물 속을 들여다본 기분이었다고나 할까요.

마침 1회 글을 올린 직후 도서출판 푸른역사가 이런 유형의 글이 필요했다며 페북에 계속 올려 책으로 내자는 제안을 해왔습니다. 처음에는 몇 회 올리고 말 생각이었던 꿀팁은 전체 22회로 길어졌고, 보완 작업을 해 이번에 책으로 내게 됐습니다.

인문학 분야든, 과학 분야든 학자나 연구자들의 연구 결과는 좀 쉽게 풀어 쓰면 그 분야 종사자뿐 아니라 일반 사람들도 흥미를 가질 만한 내용이 제법 많습니다. 반면 기껏 단행본으로 낸 책 중에는 어쩜 이렇게 재미있는 내용을 논문이나 마찬가지로 재미없고 딱딱하게 서술했을까 안타까운 심정으로 읽은 책들도 적지 않았습니다.

그래서 질문을 바꿔봤습니다.

"논문을 단행본으로 낼 때 좀 더 널리 읽히게 하려면 어떻게 써야 하지?"

2021년 세종도서 우수교양도서에도 선정된 《미술시장의 탄생》은 최고의 모범답안은 아닙니다. 그럼에도 일간지에서 30년 이상 기자로 일하고 있고, 이 책에 앞서 《조선의 그림 수집가들》,《한 폭의 한국사》,《아무래도 그림을 사야겠습니다》(이상 단독 저서), 《독일 리포트》(공저) 등 여러 권의 책을 쓴 적이 있는 만큼, 그 경험에서 꿀팁을 추려본다면 저자를 꿈꾸는 이들에게 도움이 되는 글쓰기 책이 되지 않을까 생각해 봅니다. 늘 독자를 염두에 두고 기사를 쓰는 기자는 대중의 공감대를 건드리는 능력에서는 연구자들보다는 확실히 나을 테니까요.

이 책이 연구서를 책으로 내고 싶어 하는 이들에게는 맞춤한 출판사를 찾고, 저자 기근에 시달리는 출판사에게는 새로운 저자를 발굴하는 데 가교 역할을 하고, 인문학 출판시장을 풍요롭게 하는 데 도움이 된다면 더 바랄 게 없겠습니다. 그 마음으로 썼습니다.

"많이 팔리진 않더라도 끝까지 읽게는 해야지요."

페이스북에 글을 올릴 때 이런 책이 의미가 있을까 회의가 들 때가 적잖이 있었습니다. 그럴 때 어느 출판사 대표가 해준 이 말이 큰 힘이 됐습니다. 많이 팔리진 않더라도 내가 연구한 논문을 책으로 써서 좀 더 많은 사람이 끝까지 읽으며 공감하도록 하는 것. 이 책이 그런 소망을 품은 사람들에게 도움이 되면 좋겠습니다.

2022. 4. 29
손영옥

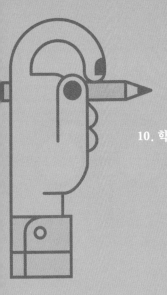

**3**

# 원고를 넘기고 나서

# 원고 쓰기 전
# 살펴볼 몇 가지

# 1.
## 논문이 있다면
## 5부능선에 오른 것

장강명이라는 소설가가 있습니다. 일간지 기자 12년 차에 다니던 신문사를 그만두고 작가로 전업해 성공한 사람입니다. 《한국이 싫어서》(민음사), 《표백》(한겨레출판), 《댓글부대》(은행나무) 등 여러 소설을 쏟아내듯 출간했고, 주요 문학상을 석권하며 화제에 올랐지요. 제주4·3평화문학상 수상작인 장편 《댓글부대》를 2015년에 펴냈을 때 문학 담당 기자로 일하던 저는 그를 인터뷰한 적도 있습니다. 꽤 호기심 있게 지켜봐온 그가 한 일간지에 연재한 글 '책 한번 써봅시다'에서 이런 구절이 눈에 들어왔습니다. 저자가 되려면 서점 신간 코너에 진열된 함량 미달의 신간을 보며 '이런 형편없는 책은 펴내면 안 된다고! 이따위 일기장 같은 책은……. 이런 책은……. 나도 쓰겠다!'라며 분노해야 한다고요. 자신이 그랬다면서요.

제 생각은 좀 다릅니다. 책 내는 것은 욕망만으론 안 됩니다. 내가 쓴다면 저것보다 더 잘 쓸 것 같은데, 쓰레기통으로 가야 할 내용을 가지고 버젓이 저자 행세를 하는 사람들에 대한 질투가 부글부글 끓는다고 해도 그것만으로 안 됩니다. 구체적으로 '뭘 쓰고 싶다'는 욕망이 있어야 하기 때문입니다. 다시 말하면 쓰고 싶은 '무엇'이 꼭 있어야 한다는 거죠. 그건 '기획'의 다른 표현이 될 수 있을 것 같습니다. 제 경험을 끄집어내는 것에서 이야기를 시작할까 합니다.

제 첫 단독 저서는 2010년에 낸 《조선의 그림 수집가들》(글항아리)입니다. 하지만 이에 앞서 2006년에 초등 저학년용 《꽃 파는 삼총사》, 《콩쥐의 옷 장사》(공저) 두 권을 냈습니다. 웅진에서 제작한 총 20권짜리 어린이용 경제동화 전집 '어린이 경제리더'에 포함된 책이지요. 제목에서 눈치챘겠지만 명작 속의 인기 캐릭터를 차용해 여러 경제 개념을 쉽게 설명하는 게 책의 콘셉트입니다. '동화+정보'의 두 부문으로 구성된 게 특징입니다. 동화작가는 동화를, 저는 정보 부문을 맡았지요. 예컨대, 가격의 개념과 작동 원리를 알려주는《콩쥐의 옷 장사》에서 독점에 대해 설명하며 '나쁜 가격도 있어요'라고 아이들 눈높이에 맞춰 설명했지요.

　당시 경제부 기자로 일하고 있었는데, 이 전집을 기획한 외주 기획사의 의뢰를 받아서 쓰게 됐습니다. 아마도 미국 연수를 가 존스홉킨스대 국제관계대학원SAIS에서 석사MIPP를 하며 경제학을 공부하고 온 직후였고, 초등생 두 자녀를 둔 엄마라 아이들 마음을 잘 읽을 거라는 고려가 작용하지 않았을까요.

　어쨌든, 이 책이 나온 직후 저는 공저가 아닌 단독 저서를 갖고 싶은 욕망이 불타올랐습니다. 근데 뭘 쓰지? 뭘 쓰면 좋을까? 도대체 그 '무엇'이 손에 잡히지 않았습니다. SAIS에서 경제학을 공부할 때 한 나라의 경제구조에 영향을 미치는 환율 정책에 매료된 적이 있었습니다. 그래서 환율을 주제로 써볼까 하는 생각도 해봤지만 생각에 그치고 말았지요. 아, 그때는 정말, 누가 제게 '이거 한번 써보실래요' 하고 쓸 거리를 의뢰해주기를 간절히 바랐습니다. 하지만 그런 기회는 오지 않았습니다.

그런데 말입니다. 마침내 쓰고 싶은 그 '무엇'을 발견했습니다. 쓰고 싶은 게 어느 날 가슴에 콱 박혔다고나 할까요. 저는 미술에 빠져 마흔이 넘은 나이에 대학원에 들어가 미술사를 공부했습니다. 첫 수업이 '조선시대 서화 감정 연구'. 그 수업에서 조선시대 최고 컬렉터로 꼽히는 석농 김광국 (1727~1797)을 알게 됐습니다. 김광국은 영조의 어의를 지낸, 요즘으로 치면 대통령 주치의를 지낸 의사였습니다. 미술 애호가이기도 했던 그의 컬렉션은 실로 국제적이었어요. 공재 윤두서의 작품 등 당대 조선 화가들의 작품도 소장하고 있었지만, 일본의 우키요에인 〈미인도〉, 중국 화가 김부귀가 그린 〈낙타도〉 등 외국 작가의 작품도 적지 않았어요. 거기다 17세기 네덜란드 화가 피터르 솅크의 동판화 〈술타니에 풍경〉까지 소장하고 있었습니다. 조선시대의 수묵화와 전혀 다른 기법의 동판화를 보고 김광국은 사뭇 감탄조로 감상평을 써놓았지요. "서양의 그림은 동양과 달라서 앉아서 천리를 보는 그림"이라고요. 서양화에 적용되는 투시원근법을 처음 본 놀라움이 가득한 글입니다.

문득, 상투 튼 조선의 중인 출신 부자가 사랑방에 지인들을 불러 모아놓고 서양에서 건너온 아주 낯선 이 그림을 꺼

내놓고 자랑하는 장면이 떠올랐어요. 상상만 해도 흥분이 됐습니다. 그림을 사랑한 조선시대 컬렉터들에 대한 이야기를 들려주고 싶다는 소망이 솟아나지 뭡니까. 마침내 '쓰고 싶은 무엇'이 생긴 거지요. 기획을 하게 된 거지요. 이후 조선시대 컬렉터를 찾아서 관련 논문을 뒤지며 자료를 축적하기를 1년 넘게 했습니다. 다시 말하자면 쓰고 싶은 내용과 그 목차를 구성할 수 있게 된 겁니다. 쓰고 싶은 무엇이 덩어리처럼 물컹하게 잡힌 그날로부터 2년 6개월 뒤 저는 첫 단독 저서 《조선의 그림 수집가들》을 출간하게 됐습니다.

어떤가요. 강조하지만, 책을 내려면 쓰고 싶은 무엇이 생기는 것이 제일 중요합니다. 그렇게 되면 저자가 되는 과정의 3부능선을 지난 셈입니다. 나아가 목차까지 구성할 수 있다면 5부능선을 넘었다고 볼 수 있지요. 그러니 이미 쓰고 싶은 것을 듬뿍 담은 논문이 있는 당신, 그 안에 목차까지 정연하게 갖춘 당신은 이미 저자가 되는 과정의 5부능선에 있는 셈이네요. 이제 쓰는 일만 남았군요. 어서 시작해보세요.

"난, 논문을 잘 쓰니 단행본도 쉽게 쓸 수 있을 거야." 이렇게 생각하시는 분들이 있을 겁니다. 글쎄요. 과연 그럴까요. 논문을 쓰는 것과 단행본을 쓰는 건 완전히 다릅니다. 전혀 다른 세계입니다. 집필 목적이 다르고 타깃으로 삼는 독자가 다릅니다. 글 쓰는 형식도 염두에 둔 독자층에 맞춰 자연스레 달라질 수밖에 없습니다. 독자층이 다른 글을 바꾸어 쓴다는 건 생각보다 쉽지 않습니다.

우선 논문 쓰기에 대해 이야기해볼까 합니다. 논문은 어떠한 주제에 대해 저자가 자신의 학문적 연구 결과나 의견,

주장을 일정한 형식에 맞추어 체계적으로 쓴 글을 말합니다. 논문은 석사나 박사 등의 학위를 취득하기 위한 학위논문과 각종 학술지 또는 학술대회에서 발표하는 학술논문, 출판을 위해 작성하는 논문 등으로 구분할 수 있습니다. 논문의 형식은 보통 제목, 초록(요약), 목차, 서론, 본론, 결론, 참고문헌 등의 순으로 구성됩니다. 논리에 맞게 풀어 써야 하고 일관성이 있어야 하지요.

논문을 읽는 이는 연관된 분야를 연구하며 논문을 준비하는 대학원생이거나 석사 혹은 박사학위 소지자, 학위 취득 후 후속 연구를 수행하는 전문가들일 겁니다. 논문은 새로운 자료를 발굴해 적시하거나 참신한 해석, 새로운 주장을 설득력 있게 펴서 각주에 인용될 수 있을 만큼 다른 연구자들에게 신뢰감을 줄 수 있다면 좋은 글이라고 할 수 있습니다.

그리고 논문은 통과해야 할 무시무시한 관문이 있습니다. 그 분야 전문가인 심사위원의 심사를 통과해야 세상에 얼굴을 내밀 수 있는 거지요. 그런 전문가들의 엄격한 잣대에 맞는 학술적인 글쓰기인 논문과 그 분야를 처음 접하는 일반인을 대상으로 하는 단행본 글쓰기는 당연히 달라야 합니다.

사실 논문을 쓰기 위해 선행 연구를 조사하는 경우가 아니라면 따분하기 그지없는 학술논문을 누가 읽겠습니까. 꼭 필요한 내용이기에 읽어도 따분한 줄 모르고, 어떤 때는 재미까지 느끼며 읽는 것이겠지요. 내 논문을 연구하는 데 꼭 필요한 보석 같은 사실을 찾아낼 때의 기쁨, 논문 좀 써본 사람이라면 맛보았을 거라고 생각합니다. 하지만 일반 독자들이 논문을 읽으며 재미를 느끼기란 사막에서 수선화를 발견하는 것만큼 어려운 일입니다.

그러니 논문을 단행본으로 낼 때는 독자층, 즉 수요층이 달라졌다는 새로운 조건을 직시해야 합니다. 단행본의 독자는 연구자가 아니라 일반 독자입니다. 논문은 꼭 필요한 일이라서 재미없는 논문도 스스로 찾아서 읽지만 단행본은 그렇지 않지요. 물론 학술서일 경우에는 같은 분야 연구 종사자나 그 분야에 관심이 있는 사람으로 타깃 독자층이 좁혀지는 만큼 '호객'을 하는 데 수월한 측면이 있긴 해요. 하지만 불특정 독자를 겨냥하는 교양서로 바꿀 때는 일반인의 구미가 당기게끔 글의 형식을 완전히 바꿔야 합니다. 즉 교양서 형식으로 변환해야 합니다. 인공지능AI시대라는데 컴퓨터가 번역하듯 척척 변환해주면 얼마나 좋겠습니까마는 AI시대가 열리더라도 그러기는 어려울 거라고 장담합니다.

1. 원고 쓰기 전 살펴볼 몇 가지

그럼 어떻게 해야 할까요. 몸통만 남기고 머리와 꼬리는 잘라라. 제일 처음 이걸 염두에 두라고 말하고 싶군요. 서론·본론·결론의 삼단 논법구조로 된 논문 형식에서 서론과 결론을 과감히 쳐내라는 뜻입니다. 생선을 회 뜰 때도 머리와 꼬리는 잘라낸 뒤 몸통만 사용합니다. 저는 이 방식을 취했습니다.

논문 쓰는 데 참조할 것도 아닌데 어떤 독자가 선행 연구에 뭐가 있는지, 어떤 연구 방법을 썼는지 궁금해할까요. 연구 방법과 연구 범위, 연구의 기여 등 이런 딱딱한 분류 용어는 정말이지 그 책을 덮고 싶게끔 만드는 금기어라고 생각합니다.

그런데 일식집 셰프는 잘라낸 생선 머리를 버리지는 않습니다. 탕을 끓일 때 국물 맛을 내는 아주 중요한 재료로 씁니다. 그런 것처럼 논문의 서론 중에서 중요한 걸 단행본의 다른 부분에 '적당히' 녹여 넣으면 됩니다.

저는 서론의 내용을 단행본의 시작 부분에 꼭 들어가는 형식인 '책을 펴내며'에 녹여 넣었습니다. 이미 부수어버린 낡은 벽돌을 충전재로 재사용하는 것이라고나 할까요. '책을 펴내며'는 일종의 프롤로그입니다. 논문의 서론에선 잘 쓰지 않는, 책을 쓰게 된 소회, 감사의 말 등 감상적인 요소를 삽입합니다. 그렇게 함으로써 소파에 앉아서 책을 읽듯 독자의 마음은 한결 편안해지고 계속해서 읽고 싶은 욕구가 생깁니다. 물론 서론의 내용을 단행본에 다 넣을 필요는 없습니다. 논문이 갖는 가치나 의미 등 일반 독자도 꼭 알아줬으면 하는 부분을 넣어주면 됩니다. 예컨대 저는 논지를 전개하는 분석 틀을 좀 자랑하고 싶었어요. 개항기에서 일제강점기를 연구 범위로 삼은 제 논문은 시기별로 부상한 새 수요자(컬렉터)의 요구에 대응해 생산자(화가)와 중개자(중개상)가 어떤 제도적·장르적 혁신을 거치며 근대적 미술시장 시스템을 완성해갔는지를 살펴봅니다. 단행본에서는 이것이 건조한 논문처럼 보이지 않도록 적당한 예시를 넣어서 친절하게 설명하면 좋습니다. 그래야 독자도 이해하기 편하거든요.

▶ 사례: 《미술시장의 탄생》

박사학위논문 〈한국 근대 미술시장 형성사 연구〉에서는 개항기 일제강점기인 약 70년 동안 서화 시장과 골동품 시장이 발전해가는 과정을 추적한다. 이 책 《미술시장의 탄생》은 그 박사논문을 뼈대로 했다. 책은 시장의 세 주체인 수요자·생산자·중개자 간의 상호관계에 초점을 맞추었다. 특히 수요자의 역할에 더 주목했다. 즉 시기별로 새롭게 대두한 수집가(미술 수요자)에게 자극받은 화가(생산자)와 화상(중개자)이 어떤 제도적인 창안과 혁신을 꾀했는지, 그 결과로서 화랑(1차 시장)과 경매(2차 시장)에서 어떤 제도적 진전이 이뤄지며 근대적 성격의 미술시장이 완성되어갔는지에 대해 이야기한다.

……

개항기에는 문호를 열어젖히자 찾아온 서양인과, 시대의 격변과 함께 부상한 중인·지주층이 시장의 새로운 수요자로 가세한다. 1905년 을사늑약 이후에는 조선으로 이주한 일본인 통치층과 관료층, 변호사 같은 전문직 고소득층이 미술시장의 새로운 수요층으로 떠오른다.

……

1920년대에는 일본의 통치가 10년을 넘기면서 수장가의 세대교체가 일어나는 한편, 일본인 중산층 지식인들도 수집 문화에 합류한다. 1930년대에는 간송 전형필이 보여주듯이 마침내 한국인들도 미술시장에 수요자로 이름을 내밀기 시작한다. 이렇게 시기별로 성격을 달리하는 수요층은 어떤 역동성을 부여하며 미술시장

**의 발전을 견인해갔을까. 이 책은 그 과정을 추적한 기록이다(5~6쪽).**

이런 테크닉은 논문의 결론을 재사용할 때도 마찬가지로 적용됩니다. 결론의 재활용법에 대해서는 뒷부분에서 자세히 이야기하지요.

여기서 포인트! 서론과 결론의 내용을 다 넣을 생각은 절대로 하지 말아야 합니다. 무엇을 버릴지만 생각하세요. 독자가 알고 싶어 하지 않는 정보를 과감하게 버릴 줄 아는 능력, 그것이 성공적인 단행본 쓰기의 첫걸음이라고 생각합니다. 너무 많은 정보를 쏟아부으면 독자는 '정보 피로증'을 느껴 '책을 펴내며'를 읽다가 그만 덮어버리고 말 테니까요.

"손 선생님, 책은 어떻게 내면 좋을까요."
《미술시장의 탄생》을 낸 후 여러 사람이 이렇게 물어왔습니다. 페이스북에 글을 올리는 와중에도 "한번 차라도 하며 구체적인 이야기를 나누자"라고 제안해오는 분도 있었어요. 박사학위논문을 책으로 내는 방법은 세 가지가 있습니다. 목적과 취향, 실행 가능성에 따라 선택하면 될 것 같습니다.

### 학술서로 내기

시간이 가장 덜 드는 방법입니다. 페이지별로 있는 각주脚

註를 미주尾註로 바꿔 맨 뒤로 넘기는 등 단행본 구성용 몇 가지 장치를 취하면서도 논문의 서론, 본론, 결론 형식은 그대로 가져올 수 있거든요. 일반 독자들은 관심 없을 선행 연구, 연구 방법까지 그대로 담아도 무리가 없습니다. 대중과의 접점을 키우기 위해 단행본으로 내지만 독자층을 논문과 마찬가지로 같은 분야 연구자로 상정했기 때문이지요. 이런 책을 내주는 전문 출판사도 제법 있습니다. 분야별로 전문 출판사가 있으니 주변 사람들에게 물어보며 잘 알아보세요. 대학 출판사들이 이런 형식으로 책을 내는 경우가 많답니다.

그래도 단행본은 단행본입니다. 관련 분야 연구자나 학계 사람들을 타깃으로 했다지만 단행본 스타일로 형식을 손봐야 합니다. 단어 사용에 있어서도 부담이 덜한 일반 용어로 가급적 바꾸는 게 좋고요

간단하게 생각했는데 쉽지 않겠다고요? 그래도 이게 제일 간단합니다. 참고할 만한 멋진 사례를 알려드리지요. 최효찬 자녀경영연구소장이 연세대학교 대학원에서 쓴 비교문학 박사학위논문 〈일상의 억압기제 연구: 자본주의 도시 공간에 대한 문화정치학적 접근〉을 토대로 낸 단행본 《일상의 공간과 미디어》입니다. 연세대학교출판부에서 나온 이 책은 논문

내용을 거의 그대로 가져왔습니다. 그러면서도 제목의 수정, 목차의 각색, 표현의 손질만으로 근사한 학술서를 만들어냈더라고요.

그에게 단행본 《일상의 공간과 미디어》를 쓴 과정에 대해 물었더니 이런 답이 돌아왔습니다. "연세대학교출판부는 그야말로 학술서적을 출판하는 곳이라 논문에 거의 손을 대지 않았습니다. 99퍼센트 그대로 실었습니다. 책의 목차에 맞게 조금 윤색한 정도입니다."

하지만 단행본 스타일로 깔끔하게 '윤색'한 능력은 놀라웠습니다. 최 소장은 언론인 출신 저술가인데, 《500년 명문가의 독서 교육》(한솔수북), 《세계 명문가의 공부 습관》(스콜라) 등 40권이 넘는 책을 썼습니다. 그런 공력이 유감없이 발휘된 책으로 보였습니다.

우선 가독성을 위해 제목부터 바꿨습니다. 논문 제목 〈일상의 억압기제 연구〉는 단행본 느낌이 나게 《일상의 공간과 미디어》로 달라졌습니다. 전문 용어인 '억압기제' 등을 과감하게 뺀 거지요. 부제도 논문에서는 '자본주의 도시 공간에 대한 문화정치학적 접근'이라며 분석 방법을 적시했다면 책에서는 '욕망하는 도시의 시학'이라며 자본주의 도시 공간이 갖는 속성을 내걸었습니다. 논문에서 즐겨 쓰는 문투인 '~연구', '~접근' 등을 전혀 쓰지 않은 게 눈에 띕니다.

논문의 목차도 학술서 성격에 맞게 정비했더군요. 논문의 서론은 '문제 제기/ 연구 목적/ 연구 방법과 연구의 전제/ 연구 현황과 용어에 대하여' 등으로 구성돼 있습니다. 하지만 단행본의 서장은 전혀 다르게 구성한 걸 알 수 있습니다. 서론의 일부는 머리말로 돌려 앞부분에 녹여 넣었더군요. 논문과 단행본 각각의 제목과 목차만 비교해도 어떻게 해야 할지 감이 잡힐 거라 생각합니다.

▶ 사례:《일상의 공간과 미디어》
— 논문과 학술서: 제목과 목차 잡기 비교

| 논문 | 단행본 |
|---|---|
| 〈일상의 억압기제 연구: 자본주의 도시 공간에 대한 문화정치학적 접근〉 | 《일상의 공간과 미디어》—욕망하는 도시의 시학 |
| 제1장 서론 | 서장 : 문학을 매개로 '자본의 공간' 읽기 |
|   1.1. 문제 제기 |   1.어떻게 연구하고 분석했는가 |
|   1.2. 연구 목적 |   2.공간의 문화정치에 대하여 |
|   1.3. 연구 방법과 연구의 전제 | |

| 논문 | 단행본 |
|---|---|

　이처럼 박사학위논문의 원문을 거의 손대지 않고 제목과 목차만 바꿔도 독자의 거부감을 줄일 수 있습니다. 최 소장은 "논문은 아카데믹해야 하지만 책은 그렇지 않다. 본문 내용에서도 딱딱한 학술적 표현은 일반적인 용어로 바꾸어주

는 게 필요하다"라고 조언했습니다. 이 책은 대한민국학술원 우수학술도서에 선정되었다고 합니다.

학술서는 교양서보다 분량 분담에서도 자유로운 이점이 있습니다. 애써 쓴 논문의 분량을 줄이는 건 생각보다 쉽지 않거든요. 통상 교양서는 적으면 원고지 500매(200쪽 분량), 보통은 1,000~1,300매(300~350쪽 분량), 많으면 1,500매 ~1,600매(400여 쪽 분량) 정도가 됩니다. 반면에 학술서는 원고지 2,000매 이상 500쪽이 넘는 경우도 있어 이른바 '벽돌 책'이 되기도 합니다. 분량이 방대해도 독자층이 그 분야에 대한 지적 근육을 키운 연구자 혹은 '지적 교양인'이라 거뜬히 감당할 거라 보기 때문입니다.


## 대중적인 교양서로 완전히 바꾸기

이 방식은 품이 아주 많이 듭니다. 논문의 본문을 '복붙(복사해서 붙이기)'해서 보완하는 식으로 작업하기보다 처음부터 다시 원고를 쓰는 게 더 빠를 수 있습니다. 기자 생활하면서 체득한 요령입니다. 기사를 쓸 때 흔히 일본식 용어로 '우라까이' 하는 경우가 있습니다. 통신사나 다른 언론사 기사를 '참고'해 기사를 작성하는 걸 말합니다. 쉽게 말하면 남의 기사 베끼는 건데, 베낀 티가 나지 않도록 써야 하는 게 한마디로 고역입니다. 남이 쓴 기사의 문장이 귀신처럼 머리에 착 달라붙어서 좀체 내 식으로 기사가 써지지 않습니다. 이럴 땐 요령이 있습니다. 남이 쓴 기사의 취재 정보를 선풍기 분해하듯 하나하나 분해한 뒤 그 정보를 바탕으로 재조립하는 거지요. 남의 기사는 옆으로 턱 밀쳐두고 그 취재 정보를 가지고 내 문장으로 다시 기사를 쓴다고나 할까요.

물론 '복붙'을 해서 고쳐가며 쓰든, 그냥 맨 원고에 한 줄씩 새로 써나가든 여러분 편한 대로 하시면 됩니다.

논문을 교양서 성격의 단행본으로 낸다면 두 가지를 염두에 두라고 말하고 싶습니다.

첫째, 될 수 있는 한 논문에 있는 정보를 많이 걸어내세요. 이것은 교양서로 다시 쓸 때 명심하고 또 명심해야 할 덕목입니다. 논문에 있는 정보를 다 담을 경우 그 분야에 익숙하지 않은 독자는 지식을 소화하지 못해 과식했을 때처럼 체증에 걸리기 쉽습니다. 일반 독자도 편안하게 읽을 수 있게 정보를 시종 적정하게 흘려보내는 게 중요합니다. 통상 교양서는 200자 원고지 1,000매, 쪽수로는 300쪽 안팎이 적당합니다. 두꺼워도 400쪽이 넘지 않는 게 좋습니다.

정보의 분량을 줄이려면 어떻게 해야 할까요. 논문의 핵심 줄기가 두 개라면 그중에 하나만 취할 수 있습니다. 또 연대기적인 서술이라면 특정 시기를 버리는 것도 방법이겠지요.

제 박사학위논문을 예로 들어볼까요. 이 논문은 당대 서화 시장과 고미술품 시장이라는 두 축을 가지고 논지를 전개했습니다. 이 가운데 서화면 서화, 고미술품이면 고미술품 가운데 하나를 선택해서 그 장르의 '미술시장 탄생사'를 쓰는 방법도 있습니다.

아니면 전체적으로 조금씩 독자가 관심을 덜 가질 만한 부분을 덜어내서 정보의 양을 줄이는 식으로 해도 되겠지요. 교양서에서는 호기심을 채우는 정도로 만족하세요, 더 깊은 내용이 알고 싶은 독자라면 논문을 찾아서 읽어보세요, 하는 태도가 깔려 있습니다.

둘째, 정보의 수위도 조절해야 합니다. 일반 독자가 굳이 몰라도 되는 정보는 빼는 게 좋지요. 예컨대 제 논문 〈이왕가 박물관 도자기 수집 목록에 대한 고찰〉《한국근현대미술사학》, 2018)의 내용을 녹여 넣는다고 칩시다. 학술서라면 논문이 실린 학술지《한국근현대미술사학》은 중요한 정보니까 이걸 써야 합니다. 교양서라면 일반인들이 논문 제목만 알면 되지 굳이 어디에 실렸는지까지는 알 필요가 없으니 빼는 식이지요.

셋째, 목차는 독자들이 흥미를 느끼게끔 대중적으로 바꾸는 게 좋습니다. 학술서도 단행본에 맞게 목차를 바꿔야 좋습니다. 이때는 학술서로서의 무게감을 잃지 않는 선에서 바꿉니다. 이와 달리 교양서에서는 대중의 구미를 확 당길 수 있도록 과감히 목차를 바꿀 것을 권합니다. 이런 사례로 이성낙 전 가천의대 명예총장이 명지대에서 받은 박사학위논문 〈조선시대 초상화에 나타난 피부 병변 연구〉를 인문 교양서로 풀어 쓴 《초상화, 그려진 선비정신》(눌와)을 추천하고 싶어요. 이 책은 부제 '피부과 의사, 선비의 얼굴을 진단하다'에서부터 메시지가 쉽고 분명합니다. 대중성을 표방하고 있습니다. 책의 분량도 200쪽 남짓이라 읽기에 부담이 없습니다. 목차도 본문 내용이 궁금해지도록 흥미 있게 바꾸었더라고요. 논문에서는 피부병의 종류에 따라 초상화를 나열했다면 책에서는 소제목 '개국 군주에서 망국의 지사까지'가 시사하듯 위계구조에 따라 초상화를 나열한 게 눈에 띕니다. 아무래도 권력에 민감한 대중적 정서를 반영한 것이라고 볼 수 있겠지요. 또 논문 목차 제목은 예컨대 '홍진 초상과 주사(코와 뺨이 붉고 부풀어 오르는 병)' 등 초상화 제목과 병명을 써서 간명하게 표현합니다. 반면에 책에는 '홍진 초상, 주먹만큼 부풀어 오른 코, 코주부 선비의 고뇌'라고, 스토리텔링형 제목을 붙여 흥미를 돋우고 있습니다. 피부과 의사이자 대학교수였던 이 전 총장은 대학에서 정년퇴직 후 미술사학과 대학원에 다시 다니며 이렇게 박사학위를 하나 더 받았습니다. 그의 논문은 피부과 의사 출신이면서 미술을 공부한 사람만이 쓸 수 있습니다. 미술사만 공부해서는 절대 쓸 수 없는, '통섭'을 실천한 멋진 사례라고 봅니다.

넷째, 논문을 쓰는 과정에서 겪은 경험이나 논문 내용과 관련해 언급할 수 있는 에피소드를 삽입하면 좋습니다. 독자들이 친근감을 느낄 수 있거든요. 에피소드가 있으면 소설의 한 대목처럼 흥미진진해 책장이 쑥쑥 넘어갑니다. 논문에서는 절대 있을 수 없는 글쓰기 방식이지요. 앞에서 언급한 조선 중기의 문신인 홍진(1541~1616)의 딸기코에 관한 서술이 그 예입니다. 딸기코는 양 볼에 붉은 홍반이 생기는 주사酒齄(Rosacea)가 코가 커지는 증상으로 진행된 경우입니다. 홍진은 딸기코 때문에 66세에 벼슬에서 물러나려고 했습니다. 저자는 선조가 들은 척도 않고 사의를 반려했다는 스토리를 전하면서 자신이 피부과 의사로 일할 때 만난 같은 질병의 환자 이야기를 끼워 넣었습니다. 홍진이 겪은 피부병 고통을 과거의 것이 아니라 당대의 것으로 불러내 그 고통을 독자들이 더욱 실감하게 하는 효과가 있습니다.

▶ 사례: 《초상화, 그려진 선비정신》
— 논문과 교양서: 제목과 목차 잡기 비교

| 논문 | 단행본 |
|---|---|
| 〈조선시대 초상화에 나타난 피부 병변 연구〉 | 《초상화, 그려진 선비정신》 -피부과 의사, 선비의 얼굴을 진단하다 |

<table>
<tr><td>제장 서론</td><td>서문 : 넋두리에서 시작하여 책으로<br>Ⅰ장 초상화에서 피부병을 발견하다<br>　1. 초상화에 빠진 피부과 의사<br>　2. 정직함의 발현, 초상화 속 피부병</td></tr>
<tr><td>제Ⅱ장 초상화에 나타난 피부병변의<br>통계학적 고찰<br>　제1절 연구대상 및 방법<br>　제2절 분석 결과<br>　제3절 피부병 증상<br>　1) 송창명(1689-1769) 초상과 백반증<br>　2) 서명응(1716-1786) 초상과<br>　　오타 모반</td><td>　◆윤두서 자화상과 뒤러 자화상,<br>　　어느 쪽이 더 세밀한가<br>Ⅱ장 개국 군주에서부터 망국의 지사까지<br>　1. 태조 어진 |<br>　　개국 군주의 얼굴에 흠집을 남기다<br>　2. 홍진 초상 |<br>　　주먹만큼 부풀어 오른 코,<br>　　코주부 선비의 고뇌</td></tr>
</table>

| 논문 | 단행본 |
| --- | --- |
| |

## 학술서 틀을 유지하면서 대중서 외피 입히기

저는 논문을 단행본으로 낼 때 처음엔 학술서를 쓰려고 했습니다. 논문을 각색하는 힘겨운 과정을 다시 감내해야 한다니 엄두가 나지 않았거든요. "저라면 힘들게 쓴 논문의 내용을 더 많은 사람들이 읽었으면 좋겠어요." 어떻게 할까 고민하는 내게 대학원을 함께 다닌 동료 연구자가 이렇게 말했습니다. 다시 용기를 내봤습니다.

하지만 완전 교양서로 탈바꿈시키고 싶지는 않았습니다. 제 식으로 하고 싶었습니다. 연구서의 뼈대는 유지하고 싶었거든요. 그것은 같은 분야를 연구해온 동료 연구자들을 위한 배려이기도 했고 무엇보다 학문의 전당에 제 책을 바치고 싶다는 바람이 있었습니다. 좀 덜 팔리더라도 석사, 박사 과정을 거치며 걸어온 학문 여정 10년을 한 권의 책에 충실히 담아 총결산하고 싶었습니다. 연구자들이 추가로 박사학위논문이나 학술지에 투고한 저의 논문을 들추지 않더라도 이 책한 권만 봐도 모자람이 없는 책을 만들고 싶었어요. 논문을쓸 때 참고문헌으로 각주를 달 수 있을 정도로 충실한 책, 그런 책을 꿈꿨습니다.

그러면서도 공부에 인이 박힌 연구자라도 더 재미있게, 속도감 있게 읽게 하고 싶었습니다. 미술이나 역사에 관심있는 일반 독자들도 역사서의 한 갈래처럼 제 책을 펴들게하고 싶었고요. 그런데 말입니다. 저와 생각이 비슷한 저자가 있더라고요. 송은영 씨가 박사학위논문 〈현대도시 서울의형성과 1960~70년대 소설의 문화지리학〉(연세대)을 책으로낸 《서울 탄생기》(푸른역사)가 그거예요. 이 책은 '1960~1970년대 문학으로 본 현대 도시 서울의 사회사'라는 부제가 붙었습니다. 500쪽이 넘는 분량인데도 속도감 있게 읽힙니다. 책의 목차와 논문의 목차를 훑어보면 더 많은 독자가 자신의연구 성과를 접할 수 있도록 저자가 얼마나 애썼는지 눈에선할 겁니다. 흥미롭게도 송은영 씨가 구사한 전략이 제 경우와 겹치는 부분이 많더라고요. 그 전략들에 대해서는 2장에서 차근차근 이야기할 것입니다.

▶ 사례: 《서울 탄생기》
  ― 논문과 학술적 교양서: 제목과 목차 잡기 비교

| 논문 | 단행본 |
|---|---|
| 〈현대도시 서울의 형성과 1960~70년대 소설의 문화지리학〉 | 《서울 탄생기》 -1960~1970년대 문학으로 본 현대 도시 서울의 사회사 |
|  | 책을 내며 프롤로그 |
| 표제지 목차 〈국문요약〉 |  |
|  | 1부 서울, 욕망의 집결지가 되다 (1961~1966) |
| I. 서론 1. 문제 제기와 연구사 검토 2. 연구사 검토 3. 연구 방법과 연구 대상 | 01장_서울, 메트로폴리스의 물적 기틀을 마련하다 서울 행정구역의 확대와 법령의 정비 | 서울의 상상적 경계: 도심과 '문안' | 식민지의 기억 또는 경성 일본인 거주지의 흔적 | 점이적 도시: 주거지와 상공업 지역의 혼재 |

1. 원고 쓰기 전 살펴볼 몇 가지

1. 원고 쓰기 전 살펴볼 몇 가지

## 4.
## 내 책에 맞는
## 출판사 구하기

"손 선생님, 박사학위논문을 책으로 내고 싶은데 출판사를
어떻게 구하면 좋지요?"

《미술시장의 탄생》이 나온 뒤 대학원에서 같이 공부한 동
료 연구자들로부터 종종 이런 질문을 받습니다. 출판사를 묻
기 전에 책 성격부터 먼저 정하라고 답합니다. 책의 성격과
내용에 걸맞은 출판사들이 따로 있습니다. 출판사마다 지향
하는 가치, 타깃으로 삼는 독자층이 다르기 때문입니다.

완전 학술서 형태를 원한다면 학위를 딴 대학교출판부를
노크해보는 게 방법입니다. 또 분야별로 학술서를 내는 전문

출판사들이 있습니다. 학위논문을 쓸 때 참고한 단행본 목록을 살펴보세요. 관련 분야 출판사들이니, 거기에 여러분의 원고를 내줄 출판사들이 있을 수 있습니다. 예컨대 문학과 인문학 분야 학술서는 소명, 근현대 미술에 관한 학술서는 다할미디어 등에서 냅니다.

제 책처럼 '학술서+교양서'의 형식을 띤다면 인문·학술 분야를 갖춘 출판사를 찾아볼 수 있습니다. 창비, 돌베개, 푸른역사 등이 그런 출판사들입니다. 특히 푸른역사는 역사학자들의 연구 성과를 대중서로 내는 출판사로 정평이 나 있습니다.

이런 성격의 원고를 들고 대중서를 내는 출판사에 연락을 하면 당연히 퇴짜를 맞겠지요. 말랑말랑한 에세이를 주로 내는 출판사에 이런 묵직한 원고를 들이대면 그야말로 번지수를 잘못 짚은 거지요.

만약 여러분이 원고를 대중 교양서로 완전히 탈바꿈시킬 수 있다면 출판사 선택 폭은 넓어집니다. 다만 출판사마다 특장이 있지요. 미술 분야 대중서는 아트북스, 마로니에북스, 눌와, 혜화1117, 시공사 등에서 주로 냅니다.

지금껏 몇 권의 책을 썼습니다. 기자라서, 특히 출판 담당 기자 출신이라서 출판사들이 알음알음으로 쉽게 책을 내준 거라고 주변 사람들이 오해를 하더라고요. 결코 아닙니다.

《미술시장의 탄생》도 3전4기 도전 끝에 세상에 나올 수 있었습니다. 원래 박사학위논문이 통과된 직후 이걸 단행본으로 내주기로 한 출판사가 있었습니다. 그 출판사가 미술 컬렉터 관련 책을 낸 걸 보고 담당 편집자를 수소문해 이메일로 출간 제안서를 보냈지요. 답은 '예스'였습니다. 그 편집자는 제 박사학위논문도 미술 수요자라는 큰 우산 아래 묶일 수 있는 주제라 욕심을 냈습니다. 안타깝게도 불발됐습니다. 그 편집자가 이직해 독립출판사를 차리면서 무산됐습니다. 인수인계를 하고 나왔다지만 이어지지 못했어요. 책은 편집자의 성향과도 맞아야 하거든요. 모든 것은 원점으로 돌아갔습니다.

다음 출판사를 노크했습니다. 이름만 들으면 아는 C출판사입니다. 또 거절당했습니다. 편집자가 편집회의에 출간계획서를 올렸는데, 제 책이 기존에 홍선표, 최열 등이 쓴 한국 근대미술에 관한 책들과 차별화가 안 된다며 반대 의견이 우세했다고 하니, 한숨이 나오더라고요. 아, 편집자가 프리젠테이션을 잘하지 못한 게 분명해요. 제 박사학위논문은 〈한국 근대 미술시장 형성사 연구〉입니다. 제 원고의 포인트는 근대 '미술'이 아니라 근대 '미술시장'이거든요. 한국에서 '근대적인 미술시장'이 탄생하는 과정을 체계적으로 연구한 논문은 이전까지 없었습니다. 당연히 관련 책도 없었습니다. 간송 전형필 등 근대기 개별 컬렉터에 대한 책은 다수 나왔습니다. 하지만 제 원고처럼 생산자(화가)와 수요자(컬렉터), 중개자(화상, 골동상) 간의 유기적 관계 속에서 자본주의적 미술시장이 발전해온 과정을 추적한 책은 없었는데 말입니다.

실망하지 않았습니다. 세 번째 출판사를 노크했습니다. 고백컨대, 그 출판사 사장님이 '절친'입니다. 하지만 그 출판사는 대중서를 내온지라 "논문의 결과물인 이 원고가 묵직해서 편집자가 부담스러워하는 것 같다"며 에둘러 거절 의사를 표현했습니다. 2019년 봄을 그렇게 책을 내줄 출판사를 찾아 문을 두드리고 거절당하고, 문을 두드리고 거절당하며 보냈습니다(물론 그런 가운데 원고는 계속 써나갔습니다).

어떻게 할 것인가. 좀 막막했습니다. 그래도 포기하지 않고 시간을 죽이고 있었더니 동굴 끝으로 빛이 비쳐들더라고요. 어느 날 퇴근 후 잘 아는 문학평론가와 안부 전화를 하며 수다를 떨었습니다. 신세 한탄하듯이 번번이 '물먹은' 그 얘기를 꺼냈어요. 그가 팁을 주더라고요. 푸른역사 출판사는 박사학위논문도 책으로 잘 낸다는 진짜 핫한 정보를요. 운명의 여신이 이제는 나를 향해 미소 짓는 기분이 들었어요. 쇠뿔도 단김에 빼라고 하잖아요. 다음 날 박혜숙 대표에게 전화를 했습니다. 박 대표와는 2012년 무렵 출판 담당 기자를 하며 서촌의 한옥 출판사 마당에서 30여 분 차담을 나누며 안면을 튼 적이 있습니다.

박사학위논문의 취지와 얼개를 얘기했더니 바로 이런 대답이 돌아왔습니다. "그거 재미있겠네요. 우리 출판사에서 냅시다." 야호, 드디어 해낸 거구나. 며칠 후 출판사 인근 커피숍에서 박 대표를 만났습니다. 첫 만남인데 출판 계약서를 들고 왔지 뭡니까. 기분 좋게 서명을 했지요.

제가 기자니까 '기자 찬스'로 책을 쉽게 낼 거라고 억측하시는 분들이 있을 듯해 서두가 길어졌습니다. 저도 이렇게 여러 번 거절당했습니다. 다만 기자 출신이라 그런지 '들이대는' 건 남보다 잘하는 것 같습니다. 여러분도 못 할 것 없습니다. 결론적으로 꿀팁을 드립니다. 출판사 문을 두드리고, 또 두드리세요. 다만 준비는 좀 한 뒤 문을 두드려야겠지요. 뭘 준비해야 하는지는 다음 장에서 이야기하겠습니다.

책의 성격을 정했고, 그 성격에 맞는 출판사 후보를 고르셨지요. 아직 출판사를 정하지 못하셨다고요? 얼른 주변의 대형 서점에 가거나 온라인 서점을 뒤져서 내고자 하는 주제로 단행본을 낸 출판사를 찾아보세요. 3, 4곳 정도로 후보를 압축합시다. 이제 그 출판사에 기획서를 보내면 됩니다. 그때는 구직자가 자기소개서 내는 심정일 거예요. 불안감에 기대감이 아이스커피 속 얼음덩어리처럼 섞여 있기 마련입니다. 불안감을 녹이기라도 하듯 괜히 카페에서 아이스 아메리카노의 얼음을 휘휘 젓게 되지요.

당락의 첫 시험대는 기획서입니다. 기획서는 어떻게 쓰면 좋을까요.

> **출판계획서**
> ① 책 제목(가칭)
> ② 책의 개요 및 취지, 의미
> ③ 목차
> ④ 샘플 원고 1, 2꼭지

① 책 제목: 논문 제목을 그대로 쓰지 말고 일반 독자의 시각에서 풀어서 쓰면 좋습니다.

② 책(논문)의 개요

기존에 없는 책이라는 점을 강조해야 합니다. 모든 책은 새로워야 하니까요. 새롭지 않은 책을 출판사가 돈 들여 낼 필요는 없습니다. 그러니 개요를 쓰기 전에 동일한 주제의 책이 이미 나왔는지 리서치해야 합니다. 만약 비슷한 주제가 있다면 나의 책(논문)이 그것과 차별화되는 지점이 무엇인지 살펴보세요. 그 부분을 강조해야 합니다. 차별점이 처음엔 잘 보이지 않을 수 있지만, 꼼꼼히 살펴보면 분명히 있을 거예요.

제 책은 '근대 미술시장'에 관한 내용입니다. 기존에 '근대 미술'에 관한 책이 꽤 나와 대동소이할 것으로 오해받았습니다. 그러니 미술시장은 미술과 무엇이 다른지, 미술시장이 지금 시점에서 왜 중요한지 등을 중점적으로 내세워야겠지요. 만약 내고자 하는 원고가 시사성이 있다면 지금 시점에 왜 그 논문을 책으로 내면 좋은지를 강조하면 좋습니다.

### ③ 책의 목차

목차는 논문 목차를 각색해야 합니다. 건조한 논문 목차 그대로 쓰면 어떤 편집자도 여러분이 쓸 책에 관심을 갖지 않을 것이 분명합니다. 편집자가 메일을 휙 보고는 바로 삭제하지 않게 하려면 목차부터 '제발 나를 좀 봐주세요!'라고 외치고 있어야 합니다. 목차를 어떻게 각색하면 좋은지는 다음에 이야기하겠습니다.

### ④ 샘플 원고 1, 2개 정도

1회차, 2회차 등의 샘플 원고를 첨부하는 게 좋습니다. 샘플 원고는 문장의 구성 방식, 필자의 글발, 읽는 재미 등을 편집자가 한눈에 파악할 수 있도록 보여주는 것입니다.

　①②③④을 갖췄다면 후보군에 오른 출판사에 전화해 편집자를 찾습니다. 용건을 설명하고 메일 주소를 묻습니다. "이렇게 원고를 준비했으니 메일로 받아보고 출간 여부를 검토해달라"고 제안하면 됩니다. 부끄럽다고요. 전혀 그럴 필요 없습니다. 출판사는 늘 새로운 저자를 찾느라 목이 마른 상태라서 원고만 좋다면 반색을 할 겁니다. 저는 누가 출판사를 소개해달라고 하면 항상 이런 식으로 조언해줍니다.

　혹 출판사가 거절하면 어떡하느냐고요. 다시 다른 데 노크하면 되지요. 다만 거절당할 때 "원고에서 어떤 점을 보완하면 좋은지, 혹시 이런 원고와 궁합이 맞는 다른 출판사는 없는지" 편집자에게 정중하게 물어보세요. 편집자만큼 출판 동네를 잘 아는 전문가는 없으니까요. 편집자의 답변에서 새로운 길이 열릴 수 있습니다. 책을 내려면 좀 끈기 있게 굴어야 합니다. 아래는 제가 박사학위논문을 내기 위해 출판사에 낸 기획서입니다.

▶ 사례: 《미술시장의 탄생》
― 〈저술·출판계획서〉 샘플

······································

**제목: 근대 미술 거리를 걷다(가제)**
**–갤러리의 탄생**

페기 구겐하임(1898~1979). 상속받은 재산과 탁월한 안목을 바탕 삼아 동시대 중요 작가들의 작품을 블랙홀처럼 빨아들이며 유럽의 모더니즘을 미국에 이식시킨 전설적 컬렉터다. 그가 1942년 뉴욕에 '금세기 미술 갤러리'를 개관할 때 특별히 맞춘 이브닝드레스를 입고 한쪽 귀에는 이브 탕기가 만들어준 귀고리를, 다른 쪽에는 알렉산더 칼더가 만들어준 귀고리를 달았던 일화는 유명하다. 초현실주의와 추상미술 어느 한쪽으로도 기울지 않겠다는 의지를 다져야 할 만큼 그가 화가들에게 미친 영향은 막강했다.

미술 생산자, 즉 화가만 다룬 이야기는 반쪽의 서사다. 화가가 생산한 미술 작품은 그것이 수요자에게 수용될 때 비로소 완성이 된다. 미술 작품의 구매는 작게는 생

　　　　　1. 원고 쓰기 전 살펴볼 몇 가지

계를 지원하는 일이지만, 묻혀버릴 수 있는 미술사의 '진주'를 캐내는 일이기도 하다. 구겐하임이 잭슨 폴록의 재능을 발견하고 '액션 페인팅'의 출현에 중대한 기여를 한 것처럼 말이다. 실제로 미국의 비평가 다이아나 크레인은 제2차 세계대전 이후에 미국의 추상표현주의, 미니멀리즘, 팝아트 등 특정 예술 스타일의 부상과 퇴조에 컬렉터, 화랑, 미술관 등 미술시장 매개자들이 결정적인 영향을 미쳤음을 실증적으로 입증한 바 있다.

……

우리나라에서는 어떠했을까. 미술 담당 기자인 나는 메이저 화랑들이 밀집한 서울 삼청동 일대를 거의 매일 취재하러 다니며 이런 궁금증이 들었다. 관심은 우리나라에서 근대적인 성격의 화랑이 언제 생겨나 어떻게 진화해왔는지, 다시 말해 미술시장 발전사 전반으로 확대됐다.

……

2013년, 서울의 갤러리현대에서 개항기 화가 '기산 김준근'의 풍속화 전시회를 연 적이 있다. 김준근은 인천·원산·부산 등 개항장을 옮겨 다니며 서양인을 상대로 그림을 판 상업화가였다. 타작, 그네뛰기, 투전, 갓 만들기 등 조선 사람들의 일상을 담은 그림을 제작했는데, 그가 제작한 일명 '수출화'는 국내보다 나라 밖에 더 많다. 독일 라이프치히 그라시민속박물관 등 해외 박물관에 1,200점가량이 소장돼 있다.

......

우리가 아는 전형적인 조선시대 화가는 김홍도로 대표된다. 화원화가인 그는 왕실에 소속돼 녹봉을 받는 '공무원 화가'였다. 또 다른 부류는 문인화가다. 추사 김정희가 그런 예인데, 출중한 서화 실력을 갖추었지만 팔려는 게 아니라 선비화가로서 교양 삼아 그림을 그릴 뿐이었다. 김준근은 이전까지 화가 부류와는 전혀 달랐다. 가능한 한 많이 팔기 위해 공방을 운영했고, 서양인 입맛에 맞게끔 형벌 장면 등 조선을 전근대의 나라로 표상하는 장면도 끼워 넣어 팔았다. 어쩌면 김준근은 한국에서 마침내 탄생한 근대적 화가의 서막을 연 주인공이 아니었을까. 왕실 주문을 받거나 교양 삼아 그리는 게 아니라 완전 경쟁에 내몰린 채 불특정 다수 고객을 상대로 그림을 파는 진짜 직업화가라고 할 수 있다. 그런 화가가 탄생하게 된 시공간의 특성은 어떠했을까.

......

내가 쓰고자 하는 이 책은 그렇게 꼬리를 물고 이어진 질문에 답을 찾아가는 과정의 기록이다. 지적 호기심을 채우기 위해 대학원에서 미술경영학 공부도 했다. 그 결과, 개항기 우리나라에서는 청나라와의 해상 교류가 본격화되면서 이전의 고아한 문인화풍이 아니라 감각적이고 현실적인 '상하이 화풍'이 유행했음을 알 수 있었다. 일제 강점기 들어서는 '고려청자 광狂'으로 불린 초대 통감 이토 히로부미의 영향으로 일본인 상류층에서 수집 붐이 일면서 개성 등지에서 고려 고분이 광범위하게 도굴되며 고려청자 신시장이 창출됐다. 1920년대 들어서는 야나기 무네요시로 대표되는 일본인 지식인들에 의한 조선백자의 '발견'이 일어났다. 조선백자는 '비애의 미'로 포장됐으나 근저에는 값이 비싸진 고려청자를 소장할 수 없는 중산층의 욕망을 해소하는 대체재적 성격이 있었다.

......

1930년대에는 서양식 외관을 한 신축 백화점에 '갸라리'가 생겨나 마침내 지금과 다를 바 없는 갤러리 문화가 탄생했다. 신세계백화점 전신인 미쓰코시백화점 갤러리에는 서양식 유화가 금박 액자에 걸려 있고, 잘 차려입은 경성의 부유층들이 유유자적 작품을 구경했다. 백화점 갤러리에서는 마케팅 차원에서 조선미술전람회 특선 작가들의 작품만 모은 기획전도 열렸다.

1906년 12월 《황성신문》에는 평양 출신 수암守巖 김유탁金有鐸이 세운 수암서화관守巖書畫館 창업 광고가 나온다. 우리나라 화랑의 효시라고 할 수 있다. 이로부터 110년도 지났지만, 지금까지 한국 화랑의 역사를 통시적으로 다룬 책은 나오지 않았다. 미술시장과 관련된 저서들은 주로 작가론·작품론 등 생산자에 관한 것이었다. 동서양 미술 거장들에 관한 스토리텔링 식 책이 그렇다. 간혹 간송 전형필 등 일부 컬렉터를 다룬 책이 있긴 했다. 하지만 한국의 화랑의 역사, 폭넓게는 미술시장의 탄생사를 다룬 책은 나오지 못했다. 통시적 시각에서 우리나라 화랑의 발전사를 추적하는 이 책은 그런 결과물이 될 것이다.

그런데 논문을 책으로 내기 위해 출판계획서를 쓸 때는 출판사 편집자를 염두에 둬야 합니다. 그들은 비전문가, 다시 말해 일반인입니다. 친절하게 쓰겠다는 마음가짐이 필요합니다. 학술적인 용어는 가급적 대중적 언어로 바꿔주고, 이해하기 쉽게끔 비유를 끌어오는 것도 방법입니다. 만약 사례를 들고 싶다면 그 분야 전문가만이 아는 사람이 아니라 모두가 다 아는 유명인을 내세우는 게 좋겠지요. 제가 저술·출판계획서에 미술시장에 영향을 끼친 컬렉터의 사례를 가져오면서 대중적으로 잘 알려진 페기 구겐하임을 언급한 건 그래서입니다.

목차의 내용은 뒷장에서 자세히 다룰 예정이라 여기서는 생략합니다. 샘플 원고도 그 내용이 《미술시장의 탄생》에 실려 있기에 마찬가지로 생략합니다.

# 6.
## 뭉텅이 시간이
## 필요해

시간의 물리적 단위에 따라 거기 맞춰 하는 공부의 종류나 일의 성격이 달라집니다. 자투리 시간을 잘 활용하라고 하지만 10~20분짜리 자투리 시간에 할 수 있는 일의 종류는 그렇게 많지는 않습니다.

짬짬이 생기는 시간을 활용하는 데는 어학 공부가 최고더라고요. 퇴근길 지하철 안에서 보내는 20여 분 정도의 시간을 신문 사설과 칼럼을 읽고 해석하는 일본어 강독 수업을 예습하고 복습하는 데 요긴하게 쓰고 있습니다. 출근길에는 조간신문을 스마트폰으로 일별하는 시간으로 삼기에 좋고요. 독서는 좀 애매한 부분이 있습니다. 지하철에서 읽을 책은 집중력을 요구하지 않는 자기계발서나 트렌드 관련 서적이 적당할 것 같더군요. 소설도 좀 빠져들어 읽을라치면 금방 하차역 안내방송이 나와 감질나요. 푹 빠져 읽다간 그만 내릴 역을 놓치고 가던 길을 되돌아오기 십상이지요.

박사학위논문을 단행본으로 고쳐 쓸 때는 최소한 어느 정도의 물리적인 시간이 확보되는 게 좋을까요. 저는 박사학위논문을 쓸 때 한 번에 최소 4~5시간을 썼어요. 이때는 오븐에 빵 구울 때처럼 예열 시간이 필요하더라고요. 필요한 자료를 다시 찾고, 앞뒤 문맥을 파악하고, 하기 싫어서 자꾸 딴생각이 나는 마음을 추스러가며 논문에 집중하려면 1시간은 그냥 흘러가더라니까요. 그러니 남은 3~4시간이 실제 논문 쓰는 시간입니다. 예열은 매번 필요한데 겨우 2시간 논문 쓰면서 1시간을 예열에 쓰면 낭비되는 시간이 너무 많은 거지요. 그래서 한 번 할 때 어느 정도 뭉텅이 시간을 쓰는 게 효율적이더라고요.

통상 퇴근 후 저녁 7시부터 자정까지 한 번에 5시간 정도 할애했습니다. 발동이 걸리면 자정을 훌쩍 넘겨 새벽 1시에 연구실에서 일어설 때도 있었지요. 다음 날 출근을 해야 해

누구처럼 새벽까지 하는 건 엄두를 내지 못했습니다.

하지만 단행본으로 쓸 때는 논문 쓸 때와 달리 평일에는 하지 못했습니다. 주로 주말을 이용해 원고를 썼지요. 그러다보니 논문을 각색하는 일인데도 쓰는 과정에 꽤 시간이 걸렸습니다. 초고를 쓰고 다시 퇴고하며 다듬는 등 전체 원고 작업에 8개월이 걸렸습니다. 직장에 매인 몸이라 주말을 이용해 원고를 쓰다보니 시간이 고무줄처럼 늘어진 측면이 있습니다.

그래서 뭉텅이 시간을 만들어 쓸 것을 권합니다. 재주껏 방법을 동원하면 좋지요. 원고 교정 같은 비교적 단순한 일이 아니라 원고를 쓰는 창의적 작업은 조각조각이 난 시간보다는 뭉텅이 시간이 있는 게 효율적입니다. 일이라는 게 하다보면 흐름이라는 게 있잖아요. 흐름이 끊기면 시간이 더 걸리는 건 당연지사지요.

뭉텅이 시간이 있을 때 얼마나 속도감 있게 글이 써지는지는 경험을 해서 압니다. 저는 《한 폭의 한국사》를 석 달 만에 썼습니다. 어떻게 그게 가능하냐고요. 그때는 회사를 휴직하고 박사학위 과정을 할 때였어요. 여름방학을 활용해 원고를 썼습니다. '학교도 안 가고, 회사도 안 가는 별세계'가 있어서 그 금쪽 같은 시간을 이용한 거지요. 여행을 다녀온 뒤 7월 초에 글을 쓰기 시작해 9월 말에 원고를 완성했습니다. 《한 폭의 한국사》는 반구대 암각화, 서산마애삼존불, 고려자기에 새겨진 무늬, 일월오봉도 등 미술사에서 주요한 작품을 열거함으로써 한국사를 보여주자는 콘셉트였어요. 예술사회학자 아르놀트 하우저가 설파했듯이 모든 미술 작품은 그 사회, 그 시대의 산물이기 때문입니다.

처음엔 쓸 아이템이 딱 하나 있었습니다. 석사 과정 대학원 수업에서 영감을 얻었습니다. 고려청자의 탄생 과정에 광종의 고려시대판 세계화 정책이 숨어 있다는 내용입니다. 중국의 자기 생산국으로는 월주가 유명했는데, 월주가 망하면서 월주의 뛰어난 자기 장인들을 광종이 스카웃한 뒤 고려자기가 탄생했다는 이야기입니다. 충분한 시간이 있다보니 도서관에서 자료 조사를 하며 목차를 구성했고, 관련 자료를 수집했습니다. 아이템은 점점 불어났습니다. 이를 정리해 원고를 작성하는 작업은 생각보다 엄청난 속도로 진행이 됐습니다. 마감 효과도 톡톡히 봤습니다. 마침 창비에서 제2회 청소년도서상 공모가 있었는데 지인의 권유에 따라 여기 응모하기로 했거든요. 응모 마감이 9월 30일까지였습니다. 마감

시한을 지켜야 해서 가을학기 개강 이후에도 작업에 속도를 올렸습니다. 수업도 어쩔 수 없이 한두 번 빼먹었고요. 어쨌든 원고는 초고속으로 써졌고 마감에 맞춰 출판사에 응모원고를 보내는 데 성공했습니다. 이 원고는 당선되지는 못했습니다. 하지만 본선 후보에 오른 7편에 포함됐고 출판사에서 출간을 제안해와 책으로 탄생했습니다.

휴직은 하기 힘들 테니 휴가라도 내보라고 권하고 싶어요. 한 번 작업을 할 때 쓰는 시간을 최대한 늘리는 게 예열에 따른 시간 낭비를 줄일 수 있기 때문입니다. 책 1권을 쓰기 위해 여름휴가를 다 바치는 것, 어떤가요. 아마 글 쓰다 보면 스스로 휴가를 내야겠다는 마음이 굴뚝같을 겁니다.

1. 원고 쓰기 전 살펴볼 몇 가지

**2**

# 원고 쓰기
# 꿀팁 18

## 1.
## 서론과 결론은
## 과감하게 덜어내라

논문을 대중서로 바꿀 때 몸통인 본론만 남기고 서론과 결론은 덜어내는 게 좋다고 이야기한 것 기억나시나요? 다시 강조하지만, 동료 연구자들을 위한 학술서라면 몰라도 일반 독자를 상정한 교양서라면 당연히 이렇게 하는 게 좋습니다. 이건 출판사 편집자들이 논문을 책으로 낼 때 연구자들에게 원하는 희망 사항 1순위가 아닐까 싶어요.

앞에서 저의 박사학위논문을 교양서로 내면서 쓴 방법을 사례로 들었습니다. 여기서는 다른 책을 사례로 들어볼까 합니다. 마침, 언급했던 두 책《초상화, 그려진 선비정신》,《서울 탄생기》의 저자도 모두 그렇게 했더라고요.

《초상화, 그려진 선비정신》은 선행 연구와 연구 의의를 다룬 논문 I장의 서론뿐 아니라, 서론이라고 못 박지 않았지만 서론의 성격을 갖춘 II장의 연구 대상 및 방법, 분석 결과도 완전히 걷어냈습니다.

그런데 논문의 서론과 결론을 잘라냈다고 해서 책에서 바로 본론으로 들어가면 어떨까요. 독자가 당혹스러워하겠지요. 교양서라도 논문의 서론 같은 딱딱한 형식은 아니지만, 운동에서의 워밍업, 혹은 요리 오븐의 예열 기능 같은 장치가 필요합니다. 출판사에 따라 이는 '프롤로그(영화, 드라마, 소설, 웹툰, 만화 등 줄거리가 있는 이야기에서 선행해 먼저 보여주는 부분)', 혹은 '책을 펴내며' 등의 제목으로 소개됩니다. 혹은 별도의 장을 하나 더 붙이기도 하지요.《초상화, 그려진 선비정신》의 저자 이성낙 씨는 후자의 방법을 썼습니다. 그는 초상화에 빠지게 된 개인사를 털어놓는 것으로 독자의 궁금증을 슬슬 유발합니다.

독일의 의과대학에서 유학할 때 현지 교수의 '미술품에 나타난 피부 질환' 강의를 들었는데, 서양 초상화를 가지고 의학을 설명하는 학문 방법에 퍽 끌렸다, 그 감동이 이걸 조선시대 초상화에도 대입할 수 있지 않을까 하는 생각으로 이어지며 마침내 이 연구가 탄생하게 됐다는 내용입니다.

소제목도 '초상화에 빠진 피부과 의사'라는 에세이 같은 제목을 달았더군요. 재미있는 이야기를 듣는 기분을 주기 위해서지요. 논문에서는 개인사를 언급하는 게 학술적 성격과 맞지 않습니다. 하지만 광범위한 독자층을 상정한 교양서로 낼 때는 이렇게 개인사가 살짝살짝 들어가면 상큼한 드레싱을 친 것처럼 글맛이 납니다.

논문의 서론은 정말 쓸모가 없는 걸까요. 앞에서 꼭 필요한 것만 골라 재활용하자고 했지요? 여기서도 서론의 일부가 재활용됐더라고요. 저자는 이런 연구를 가능하게 한 조선시대 초상화의 제작 기법상 특징을 이 예열 코너에 넣었습니다. 또 초상화 519점에 대한 통계학적 분석 결과도 언급했습니다.

이렇게 '자, 읽을 준비됐지요?'라고 워밍업을 해주고는 독자들이 제일 궁금해할 본론으로 들어갑니다. 바로 각종 피부병을 보여주는 조선시대 초상화에 관한 이야기를 초상화 별로 진행하는 것이지요. 얼굴의 흠집을 그대로 남긴 개국 군주 '태조 어진(왕의 초상화)'에서부터 애꾸눈 전쟁 영웅 '장만 초상화' 등 초상화에 얽힌 이야기가 아코디언처럼 펼쳐집니다.

또 다른 사례 《서울 탄생기》를 볼까요? 저자 송은영 씨도 논문에서의 서론(문제 제기와 연구사 검토, 연구 방법과 연구 대상)은 버렸습니다. 대신 좀 가벼운 성격의 '프롤로그'를 만들어 서론에 담겼던 연구의 취지와 한계, 연구 대상과 의의 등을 그 안에 넣었더군요. 저자의 논문은 김승옥의《무진기행》, 이호철의《서울은 만원이다》등 1960~70년대 발표된 소설에서 서울이 표상되는 방식, 서울을 둘러싼 담론을 분석함으로써 문학의 재현 방식이 서울의 탄생과 어떠한 관계를 맺고 있는지를 연구한 것입니다.

특히 저자는 1960~70년대를 세분화해 1961~66년, 1966~72년, 1972~78년으로 나누어 분석한다는 사실을 유난히 강조합니다. 얼핏 1960~70년대는 박정희 정권 시기로 성격이 같은 것으로 뭉뚱그려 이해됩니다. 하지만 서울이라는 도시가 형성되는 과정에서 1961~66년은 본격적인 도시 개발이 시작되기 이전의 상태이며, 1966~72년은 도시 개발 광풍이 불어닥친 시기이며, 1972~78년은 강남 개발이 본격화된 시기로 각각 차이가 있다는 겁니다.

앞에서 논문의 결론도 잘라버리자고 했지요. 논문의 결론은 본론에서 전개된 논지를 요약하고 강조합니다. 논문의 결론을 그대로 책을 낼 때 가져다 쓰면 중언부언이 되기 십상입니다. 그래서 책으로 낼 때는 논문의 결론을 통째로 잘라서 버리지만, 그래도 책을 다 쓰고 난 뒤 못다 한 말이 있게 마련이지요. 그런 내용을 가벼운 글 형식인 '후기' 혹은 '에필로그'에 담아 넣는 경우가 많습니다. 에필로그는 쉽게 말해 후일담이라고 할 수 있습니다.

후기나 에필로그를 쓸 때는 논문의 결론은 잊어버리세요. 논문을 다 쓰고 나서 얻은 소중한 결론 하나를 가지고 새롭게 쓰면 됩니다. 프롤로그를 쓸 때도 마찬가지이지만 에필로그나 후기도 논문과는 다른 방식으로 쓰는 글이니 논문의 내용을 '복붙(복사해서 붙이기)'하지 마세요. 처음부터 새롭게 쓰는 게 원고의 속도가 훨씬 잘 나갈 겁니다. 쓰다가 필요한 부분에서 논문의 그 대목을 가져오면 되지요.

《초상화, 그려진 선비정신》에서는 '후기'를 만들어 초상화 500여 점을 분석한 결과 발견하게 된, 초상화 제작 문화에 관통하는 선비정신을 강조하는 것으로 오랜 글쓰기의 끝을 끝맺습니다. 서양화의 초상화는 훈장 같은 과시성이 있지만 조선시대 초상화는 가식이나 과장이 배제돼 있다, 조선시대 관료 초상화를 통해 조선시대가 피부 질환을 앓던 이들도 거침없이 관직에 오르던 편견 없고 개방된 사회였다는 주장을 쉬운 문장을 써서 들려주네요.

《서울 탄생기》의 '에필로그'는 사람들의 욕망에 주목합니다. 1960~70년대 서울에서 벌어진 이 모든 문제를 국가의 발전주의 정책으로만 돌릴 수 없다, 이 시기 서울 정착에 성공하여 서울 사람이 되는 데 성공한 사람들은 얼마간 동조자이자 공범자라며 오랜 시간 연구한 결과 꼭 하고 싶었던 한마디를 담담하게 적습니다. 참, 제가 《미술시장의 탄생》을 쓰는 과정에서 논문의 결론을 버리고 대신 어떻게 했는지는 추후 자세히 이야기하겠습니다.

그런데 말입니다. 박사학위를 받기까지 눈물겨운 사연 없는 분은 없을 겁니다. 박사학위를 받은 사람들끼리는 압니다. 박사학위를 딴다는 게 어떤 기분인지를요. 그러니 막상 박사학위논문을 책으로 다 쓰고 나면 힘겨웠던 순간이 주마등처럼 되살아나지요. '그 사연은 어디에다 소화할까? 꼭 쓰고 싶다'고요? 서문을 별도로 쓰지 않았다면 《초상화, 그려진 선비정신》처럼 '서문'이라는 별도 꼭지를 다는 것도 방법입니다. 마침내 박사학위논문을 쓰고, 그게 다시 한 권의 책으로 재탄생하기까지의 과정과 소회, 고마운 분들에 대한 인사 등을 담아서요. 송은영 씨도 박사학위논문을 쓰기까지의 개인적 경험은 '책을 내며'라는 별도 코너를 만들어 책의 맨 앞에 붙였더군요. 저 역시 《미술시장의 탄생》에서 '책을 펴내며'라는 코너에 울컥했던 학문 여정 10년의 소회를 적었습니다.

## 2.
## 목차는
## 솔깃하게

신문사 문화부에서 출판 담당 기자를 한 적 있습니다. 출판사에서 낸 한 주의 신간들은 서적 유통회사를 통해 월요일부터 차례로 편집국 제 자리에 배달이 됩니다. 출판사, 엄청 많지요. 배달되는 책도 엄청날 수밖에요. 한 주에 200~250권은 쌓이는 것 같습니다. 책을 담은 누런 봉투를 뜯는 것도 일이었답니다.

이번 주에는 어떤 책을 출판면 톱으로 소개할 것인가. 호흡을 가다듬고 책을 훑어봅니다. 어떤 기자는 보도자료를 먼저 살펴보겠지요. 저는 제 감각에 기대는 편이었습니다. 우선 목차를 일별합니다. 이어 책날개에 실린 저자 약력도 살펴봅니다. 흠흠, 쓸 만하군. 이런 생각이 들면 확인사살하는 기분으로 책의 한 부분을 무작위로 펼칩니다. 그렇게 해서 걸려든 한 대목을 읽어보면 어떤 '느낌'이 옵니다. 길게 읽을 필요도 없습니다. 몇 줄 안에 저자의 내공이 숨어 있습니다. 문장 한 줄에 지식의 켜가, 행간에 그 주제를 고민한 시간의 깊이가 담겨 있게 마련이거든요.

이 글에서는 목차의 중요성에 대해 이야기하려 합니다. 목차를 훑어보는 것은 아주 효과적인 '좋은 책 감별법'입니다. 목차는 책 내용의 전개를 보여주는 얼개이며, 해당 책이 다른 책과 어떻게 차별화되는지를 보여주는 안내판입니다. 목차는 책의 내용을 좀 더 근사하게 포장하는 포장지 역할도 합니다. 목차가 좋아서 골랐는데 책의 내용이 별로일 때가 있거든요. 그래서 책의 본문을 펼쳐서 확인하는 거지요. 어쨌든 내용이 보잘것없어도 포장이 근사하면 좋아 보이는 것처럼 잘 짜인 책의 목차는 책에 대한 호감도를 끌어올립니다. 그러니 목차의 제목을 어떻게 다느냐는 중요합니다. 솔깃한 목차는 관심 없던 사람도 읽고 싶게끔 만드는 마술을 부립니다. 절대 논문 목차를 단행본에 그대로 가져오지는 마세요. 아주 어리석은 행위입니다. 예컨대 제 논문 목차에서 '국내 수요층의 변화' '서양인 수요에 대한 대응' 등으로 쓴 제목은 너무 무미건조합니다. 그대로 가져오면 저는 '목차'라고 써도 독자들은 그걸 '이 책 읽지 마세요'라고 읽을 테니까요. 목차를 다시 짜야 합니다. 어떻게 하면 좋을까요.

그 전략에 대해 이야기하기 전에 우선 제 논문과 단행본 목차를 비교해 볼까요. 구체적으로 세분해보면 다음 몇 가지로 정리할 수 있습니다.

▶ 사례
— 논문과 단행본: 제목과 목차 잡기 비교

| 논문 | 단행본 |
| --- | --- |
| 〈한국 근대 미술시장 형성사 연구〉 | 《미술시장의 탄생》 |
| 제1장. 서론<br>　1. 연구 목적과 의의<br>　2. 선행 연구<br>　3. 연구 방법 및 내용 | 들어가며: 120년 전, 한양에서 어쩌다 마주쳤을 서양인<br><br>1부 개항기: 1876~1904년<br>　1. 외교 고문 묄렌도르프와 선교사 앨런도 미술 컬렉터였다 |

## 구체적인 내용을 제목으로 끌어내자

논문 목차에서는 주제를 내세워 '서양인의 등장'이라고 썼습니다. 하지만 책의 목차에서는 어떤 서양인이 등장했는지, 이를 구체적인 내용으로 보여주는 게 좋습니다. 국내에서 다른 목적으로 활동하던 서양인들이 본국 박물관을 위한 컬렉터 노릇을 했다는 게 중요한 내용 중 하나입니다. 그래서 '외교 고문 묄렌도르프와 선교사 앨런도 미술 컬렉터였다'로 바꾸어봤습니다.

논문 목차에서는 '국내 수요층의 변화'라고 썼지만 단행본에서는 국내 수요층이 어떻게 변화됐는지 그걸 한마디로 보여주는 문장을 내세우는 게 낫지요. 그래서 '청나라와 교류……《기명절지화》에 담긴 중인 부유층의 욕망'으로 바꿨습니다. 개항기 국내 수요층은 과거의 양반층에 더해 중인층과 상업 부유층이 가세한 게 특징인데, 이들은 기복적인 욕망이 담긴 기명절지화를 좋아했고 기명절지화는 청나라에서 건너와 유행한 장르이기 때문입니다.


## 유명인을 내세우자

우리가 익히 교과서 등에서 배운 이름이나 상식으로 알고 있는 유명 인사를 아래 사례처럼 제목에 달았습니다. 유명인을 내세우면 왜 좋은지는 뒤에서 설명하겠습니다.

▶ 사례

························································

**1. 외교 고문 묄렌도르프와 선교사 앨런도**
   **미술 컬렉터였다**

**4. 이토 히로부미와 데라우치 마사타케,**
   **고려청자 vs. 조선시대 서화**

**14. 한국인, 마침내 고려청자의 주인이 되다……**
   **간송 전형필**

### 스토리형 제목을 써보자

사람들은 이야기를 좋아합니다. '옛날 옛날에 호랑이가 살았어' 식의 옛날이야기를 듣고 또 들어도 거듭 들려달라고 조른 기억들이 여러분도 있지요? 스토리형 제목은 책 속에 재미난 이야기가 숨어있는 것 같아 읽고 싶은 마음이 들게 합니다.

▶ 사례

....................................................

3. 민화를 사러 지전에 가다

2. 미술품, 투자의 대상이 되다

14. 한국인, 마침내 고려청자의 주인이 되다······
    간송 전형필

## 의문문을 사용해 호기심을 유발하자

제목에서 답을 다 보여주면 정작 읽어야 할 본문은 읽지 않는 경향이 사람들에게 있습니다. 제목에 요약하듯 정보가 다 들어있어 답을 알았는데 굳이 시간을 들여서 읽을 필요가 없지요. 신문 제목에서는 그래서 호기심을 유발하듯 물음표로 끝내는 제목을 다는 경우가 종종 있습니다. 단행본 제목에서도 사람들의 이런 심리를 활용하는 게 좋지요.

▶ 사례

....................................................

11. 서양화 전시회는 언제부터 시작됐을까

## 이해를 돕는 적절한 비유를 찾자

사람들이 잘 모르는 내용이라면 그것에 대입할 수 있는 당대의 대표적인 기관이나 인물 등에 비유하면 독자들이 이해하기가 쉽습니다.

▶ 사례

### 9. '경성의 크리스티' 경성미술구락부

경성미술구락부는 '구락부(클럽의 일본식 표현)'라는 용어 때문에 사교 모임 같은 느낌을 줍니다. 독자들이 오해할 수 있지요. 그래서 우리시대 글로벌 경매회사의 대명사로 누구나 아는 '크리스티'에 비유해봤습니다.

### 5. 이왕가박물관과 일본인 상인 커넥션: 그들만의 리그

'그들만의 리그'라는 표현은 논문 목차에서는 절대 쓰지 않는 표현법입니다. 단행본에서는 '끼리끼리 해먹는다'는 뜻을 전하기 위해 이렇게 써봤습니다.

## 7. 화랑의 전신 '서화관書畫館'과 한국판 아카데미 '화숙画塾'

서화관과 화숙도 마찬가지로 이걸 설명할 수 있는 비유를 생각해봤습니다. 화랑이나 교육기관인 아카데미는 누구나 알고 있는 터라, 서화관과 화숙의 성격을 직관적으로 알 수 있게 해주지요.

## 8. 고려자기의 '대체재', 조선백자 '발견'

대체재는 경제학 용어입니다. 커피가 비싸면 이보다 싼 홍차를 마실 때 홍차가 커피의 대체재지요. 조선백자 역시 고려자기가 값이 비싸진 탓에 그 대안으로 구매한 것이라 고려자기의 대체재라는 표현을 썼습니다.

"팔리는 건 둘째 치고 끝까지 읽게라도 해야지요."
이 글을 쓰는 소박한 목적이 여기에 있다고 앞에서 이야기한
것 기억나시나요? 논문을 읽는 경우는 석·박사학위 논문을
쓰거나 학술지에 투고하는 논문을 작성할 때 참고하려는 경
우가 대부분입니다. 학문이 너무 좋아 논문을 즐겨 읽는 이
도 있겠으나 제 주변에선 못 봤습니다. 통상 논문을 읽을 때
는 전체를 다 읽기보단 필요한 부분을 발췌해서 읽습니다.
가뜩이나 재미없는 글을 소설이라도 되는 양 처음부터 끝까
지 읽는 경우는 거의 없을 겁니다. 끝까지 읽게 하려면 어떻

게 해야 할까요. 그렇습니다. '소설이라도 되는 양'에 답이 있다고 생각합니다.

논문을 단행본으로 낼 때는 생선(논문)을 회 치듯 머리(서론)와 꼬리(결론)를 잘라내고 본론만 사용하자고 앞에서 제안했지요. 그런데, 일식집에서 생선회를 먹을 때를 생각해보세요. '식빵 모자'를 쓴 일식집 셰프는 회 뜬 몸통만 내놓지는 않잖아요. 우선 접시 바닥에 채를 친 무나 둥근 돌을 깔아서 작은 동산처럼 만들고 그 위에 솜씨 좋게 저민 회를 올리지요. 먹음직스럽게요. 그뿐인가요. 붉은 당근을 꽃모양으로 깎고 초록 파슬리를 잎처럼 얹어 장식합니다. 더 화사하게 보이도록 보라색 양란 꽃잎까지 추가합니다. 예쁘면 더 맛있어 보이거든요. 생선을 요리로 내놓을 때 먹음직스럽게 장식을 하는 것처럼, 논문을 단행본으로 낼 때도 읽고 싶게끔 이야기로 장식하면 어떨까요. 그건 마치 출근할 때 입었던 정장 원피스에 스카프를 둘러줌으로써 퇴근 후 화사한 파티 복장으로 변신시키는 기술 같은 거지요. 스카프 하나가 옷의 용도를 확 바꿔버리는 마술을 부립니다. 이야기적 요소는 논문을 소설처럼 읽게 하는 마술 같은 거지요.

이야기적 요소는 뭘까요. 두 가지를 꼽을 수 있습니다. 에피소드와 묘사가 그 두 가지입니다. 영화나 드라마를 볼 때처럼 어떤 구체적인 장면을 떠올리게 하는 문학적 장치들입니다. 박사학위논문 〈한국 근대 미술시장 형성사 연구〉를 단행본으로 풀어 쓰는 8개월 동안 제가 기울인 노력의 8할은 이야기적인 요소를 찾아 새로운 자료를 샅샅이 뒤지는 것이었습니다. 새 책을 구하기도 했고, 논문에서 참고한 책을 재활용하기도 했습니다. 근대기 서화가인 이당 김은호(1892~1979)가 쓴 회고록 《서화백년》(중앙일보)이 대표적인 예입니다. 논문을 쓸 때도 이 책을 참고했습니다. 다만 일제강점기에 새롭게 미술시장 수요자로 부상한 일본인 부자들의 주문에 당대 화가들이 응한 사례, 거래된 그림의 가격, 그림 값 지불 방식 등의 팩트를 찾아내는 데 집중했지요. 제 논문 골자가 '수요자에 부응해 작가들이 어떤 식으로 반응하며 제도의 혁신을 이뤄왔는가'였기에 그 주제에 합당한 자료만 쏙쏙 골라냈지요.

단행본을 쓰는 과정에서는 《서화백년》의 활용 목적이 180도 달라집니다. '《서화백년》 속 이야기적 요소를 찾아라.' 달라진 목적을 가지고 이 책을 다시 읽었습니다. 김은호의 회고록에는 우리가 모르던, 근대기 미술시장의 뒷골목 풍경을 보여주는 대목이 많이 나옵니다. 타임머신을 타고 그때 그 뒷골목을 어슬렁거리는 기분을 준다고나 할까요. 그걸 찾아내 양념 치듯이 단행본 원고의 적당한 곳에 배치하면 됩니다.

개항기에 등장한 화숙畫塾도 그런 예입니다. 유명한 화가가 자신의 집 사랑방 등에 제자를 모아놓고 그림을 가르쳐주는 방식입니다. 한국판 사설 아카데미가 출현한 거지요. 개화기 3대 화가로는 심전心田 안중식安中植(1861~1919), 소림 조석진趙錫晉(1858~1920), 해강海岡 김규진金奎鎭(1868~1933)을 꼽는데, 이들은 모두 화숙을 운영했습니다. 제자들에게 그림을 가르치기도 했지만 외부의 그림 주문에도 집단적으로 응했지요. 주문이 몰릴 때면 스승은 자신에게 들어온 그림 주문이라도 제자들에게 대필을 시켰다고 합니다. 《서화백년》은 그 시절 이야기를 회고조로 흥미롭게 들려줍니다. 논지에 대해 주장하는 논문에서는 'OOO이 제자들에게 대필도 시켰다'는 한 문장이면 충분합니다. 하지만 읽는 재미를 주기 위해서는 그것만으로는 부족합니다. 그래서 책을 쓸 때는 이야기적 요소를 찾아 덧입혔습니다. 당시 스승들이 보여준 행태를 드라마의 한 장면처럼 독자들이 그려볼 수 있게요. 《미술시장의 탄생》에 있는 아래 문장이 그 사례입니다.

김은호金殷鎬는 회고록《서화백년》에서 "경향 각지에서 소림(조석진) 선생에게 들어오는 그림 주문에는 문하생들도 일조했다"고 전한다. 조석진이 주문받은 그림 가운데 산수화는 노수현盧壽鉉(1899~1978)이, 기명절지화는 변관식卞寬植(1899~1976)이 주로 그렸다는 것이다. 스승인 조석진은 제자들에게 '이건 네가 좀 그려보라'고 그림을 맡겨놓고 훌쩍 일어서서 친구처럼 지내던 안중식安中植의 화숙 경묵당耕墨堂으로 놀러가기 일쑤였다고 한다"(87쪽).

다음에는 이야기적 요소를 강화하기 위한 다른 방법들을 소개해드릴게요.

## 4.
## 서사의 디테일은
## 맛난 '양념'

신미양요(1871) 때 군함에 승선해 미국에 떨어진 한 소년이 자신을 버린 조국 조선으로 돌아왔습니다. 그가 '유진초이'라는 미국 군인 신분으로 조선에 주둔하며 벌어지는 일을 그린 드라마 〈미스터 션샤인〉 이야기를 할까 합니다. 드라마 인기 비결은 무엇일까요.

러브 라인을 그리기엔 차이가 너무 난다는 나이 격차 논란을 가뿐하게 잠재운 주연 김태리와 이병헌의 연기 케미 덕분이라고요? 예, 그것도 맞지요. 드라마 작가 김은숙의 신선한 주제 의식(페미니즘과 민중 중심 사관)도 인기를 견인한 요인이라고 생각합니다. 대중문화 비평가 황진미 씨는 "대한제국의 비극을 말할 때 더는 명성황후가 아니라 의병을 떠올리게 만든 것이 이 드라마의 공헌"이라고 평가했더군요.

탄탄한 고증도 당시 이 드라마가 달성한 TV 드라마 최고 시청률 신화의 또 다른 공신이지 않을까요. 개항기에 이미 영어학교가 등장하고 침대가 놓인 호텔이 나옵니다. 커피와 맥주가 등장합니다. 심지어 애기씨와 함안댁이 마주 앉아 세상에 없던 음식을 만난 듯 빙수를 맛나게 먹는 장면이 나옵니다. 이 드라마를 보노라면 개항기는 교과서 속에 박제된 역사가 아니라 활어처럼 펄떡펄떡 살아 숨쉬는 역사로 시청자에게 다가오지요.

'악마는 디테일에 있다'고 합니다. 시대사의 디테일. 이것은 비단 사극에만 요구되는 덕목은 아닙니다. 제 책《미술시장의 탄생》이 보여주듯 인문사회 분야 논문을 단행본으로 낼 때도 꼭 필요한 덕목입니다.

앞에서 '이야기를 입히자'라고 제안했습니다. 시대사의 디테일을 입히는 것은 이 이야기 요소를 강화하는 장치이기도 합니다. 시대사의 디테일은 특히 사회문화사적 연구 방식을 택한 논문을 단행본으로 낼 때는 꼭 넣어야 할 양념입니다. 이를테면 한국에서 동상의 제작을 둘러싼 사회문화사를 다룬 논문, 근대기 공원의 역사를 추적한 논문 등이 이런 범주에 속할 것 같습니다. 제 논문 〈한국 근대 미술시장 형성사 연구〉도 마찬가지이고요.

논문을 단행본으로 다시 쓸 때는 논문에 일일이 담지 못한 시대사의 풍경을 풍성하게 그려넣으려고 애썼습니다. 그래야 그 시대 속으로 걸어 들어가는 것처럼 생생한 글이 되고 그래야 독자들이 더 재밌게 읽을 수 있을 테니까요. 〈미스터 션샤인〉을 찍은 세트장처럼 책 속 묘사가 구체적일수록 좋지요. 하지만 쉽지 않은 작업이었습니다. 그 시대를 살아보지 않았으니 정보와 정보 사이의 빈틈이 지진으로 생긴 지층의 틈만큼이나 컸습니다. 그 간극을 얼렁뚱땅 상상으로 메울 수는 없는 노릇이었습니다. 답답한 적이 한두 번이 아니었습니다.

그나마 회고록이나 당시의 신문과 사진 등이 그 틈을 메워주는 보강재가 됐습니다. 논문을 단행본으로 다시 쓰는 과정에서 새롭게 참고한 책이 여러 권 있습니다. 그중 하나가 《대한제국의 비극》(집문당)입니다. 러일전쟁 취재 차 러시아에 간 김에 조선을 방문한 영국인 종군기자 F. A. 매켄지가 쓴 책입니다. 〈미스터 션샤인〉의 작가 김은숙 씨도 이 책을 읽고 드라마 집필에 영감을 얻었고 시대 고증을 할 때도 참고했다고 합니다.

이 책은 제 속을 시원하게 뚫어줬습니다. 당시 사회와 그 시대를 살던 사람들의 심리가 손에 잡히지 않아 속이 얹힌 것처럼 답답한 적이 여러 번이었거든요. 일본인 골동상 사사키 쵸지가 쓴 아래의 글을 읽을 때도 궁금증이 해소되지 않아 무척 답답하던 기억이 납니다.

**1906년 개성 지역에서 고려도기가 다수 출토되었다. 초대 통감 이토 히로부미가 현지 토산물의 하나로 고려도기를 사 모았으며 이왕직에서는 박물관을 설립함에 따라 코미야**小宮 **차관이 고려도기 및 옛 그릇에 주목하게 되는 등 유물이 왕성하게 발굴되는 시대가 드디어 막을 열었다. 이 무렵, 아카오**赤眉**라는 인물이 고려자기 경매를 시작했다. 나(사사키 쵸지)는 낮에는 노점을 운영했으며, 밤에는 그 경매의 장부기록을 담당했었다. 경매에는 아가와**阿川**, 아유가이**鮎貝**, 야마구치**山口**, 하조 다테**巴城館 등 여러 인사들이 매일 같이 드나들었다. 아무튼 도기가 담긴 조선싸리**(朝鮮萩)**로 만들어진 가늘고 긴 상자**

들이 끊임없이 개성에서 경성으로 보내졌다. …… 마침 이때 대담하게도 본정 4정목에 골동가게를 차린 곤도 사고로近藤佐五郎 씨도 경매에 참가했다. …… 곤도 씨는 경매에서 구한 것을 모 재판관에게 판매했다(《미술시장의 탄생》, 107쪽에 인용).

사사키는 회고록에서 일본인인 곤도 사고로가 경성에 골동품 가게를 차린 것을 왜 '대담하게도'라고 표현했을까. 그런 궁금증이 있었지만 사사키의 회고록만으론 해석이 잘 안 됐습니다. 곤도가 골동품 가게를 차린 시점은 1906년. 경술국치인 1910년까지는 몇 년이 더 남은 시점 아닙니까. 일본이 조선의 외교권을 박탈한 것이 미술시장 뒷골목에도 영향을 끼쳤겠구나, 추정만 할 뿐 명쾌하지는 않았습니다.

《대한제국의 비극》은 곤도가 왜 대담하게 골동품 상점을 차릴 수 있었는지, 그런 태도가 어떤 사회적 배경에서 나온 것인지 그 시대 속을 걸어가보는 것처럼 알려줬습니다. 이 책은 청일전쟁과 러일전쟁 당시 조선 사회의 분위기를 이해하는 데 큰 도움을 줬습니다. 일본이 설치한 통감부가 가진 권한이 뭔지, 그것이 조선 사람들의 일상까지 어떻게 쥐락펴

락했는지 아주 구체적인 사례를 들어 실감나게 전해주고 있기 때문입니다. 단행본을 쓸 때는 매켄지가 쓴 책 속 문장을 찾아 적당한 위치에 그대로 인용하는 방식을 택했습니다.

▶ 사례 1

·········································································

**매켄지가 전하는 당시 상황을 보면 왜 고려자기와 조선 도자를 취급하는 고미술품 시장에서도 일본인이 득세할 수밖에 없었는지를 짐작할 수 있게 된다.**

① "한국인들의 모든 생활 속에 일본인들의 착취의 손길이 뻗지 않은 곳이 없다. 일본인들에게 이권이 부여되고 계약조건은 일본인들에게 가장 유리하게 설정되고 있으며, 이민법, 토지법, 그리고 일반적인 행정수단이 오로지 일본인의 이해관계에 입각하여 제정·운영되고 있다(148쪽)."

.........................................................

개항 이후 한반도를 둘러싼 열강의 주도권 다툼은 마침 내 일본의 승리로 끝이 났다. 1880년대 임오군란(1882) 과 갑신정변(1884)을 계기로 청나라에 밀렸던 일본은 1890년대 들어 판세를 뒤엎는다. 1894년 동학농민운동 을 계기로 일어난 청일전쟁에서 승리하면서 중국 중심 의 동아시아 질서에 종지부를 찍고 지역 패자로 등극했 다. 이후 지배자적인 태도로 돌변한 일본의 분위기를 매 켄지는 이렇게 전한다.

② "1895년 봄에는 심한 흥분과 소란이 전국적으로 일어 났다. 청일전쟁에서 승리한 일본은 분명히 조선에서 의 상권을 휘어잡을 목적으로 정책을 추진하기 시작 했다. 5월에 이르러 각국의 외교관들은 일본 세력이 독점적 태도와 상업상의 기회로부터 자신들이 배제되 는 문제에 관해 심각히 반발했다."

▶ 사례 3

.......................................................................

오토리 게이스케大鳥圭介의 후임으로 조선 주차 일본 공
사로 부임해온 이노우에 가오루井上馨가 일본인 거류민
들의 정복자적인 태도를 우려하며 다음과 같이 본국에
보고서를 낼 정도였다.

③ "일본인들은 무례할 뿐 아니라 종종 한인들에게 모욕
  을 준다. 그들은 한인 고객들을 대함에 있어서 천박하
  게 행동하며, 한인들과 조그마한 오해라도 생기면 서
  슴지 않고 주먹을 휘두르며, 심지어는 한인들을 강물
  에 처박거나 아니면 무기를 사용한다"(109~110쪽).

▶ 사례 4

.......................................................................

그리고 이토 히로부미伊藤博文(1841~1909)가 초대 통감
으로 부임했다. 이토 히로부미의 권한에 대해 매켄지는
이렇게 묘사한다.

④ "통감은 원하는 바를 모두 할 수 있는 권한을 갖는, 사실상 한국의 최고 지배자가 되었다. 그는 공익을 해친다고 여겨지는 법령을 철폐할 수 있는 권한을 가졌으며 1년 이하의 징역과 200원 이하의 벌금에 해당하는 형벌권도 가지고 있었다.……일본인 영사와 부영사가 전국에 배치되어 사실상 지방 장관으로 행세하고 있었다. 일본인이 경찰관으로 배치되지 않은 곳의 한국인 경찰들도 일본의 사찰을 받았다. 농상공부는 일본인 감독관과 고문의 지배를 받았으며, 고위 관리를 제외한 모든 관리의 임명권은 종국적으로 통감의 손에 쥐어 있었다. 여기에서도 고위 관리라는 상한선은 또한 무의미한 것이었으므로, 통감은 사실상 한국의 지배자가 되었다."

**5년 뒤 한국은 일본에 강제병합되었다. 한국은 일본인들의 세상이 됐다. 매켄지에 따르면, 일본 군인이 백주에 길 가는 서양인 선교사 여인의 가슴을 만지는 성추행을 버젓이 자행하기도 하고, 성당 안에서 서양**

**인을 모욕하고 매질하기도 했다**(110~111쪽).

이런 대목들은 논문에는 필요 없습니다. 하지만 그걸 풀어 쓴 단행본을 읽는 독자들이 당시 사회상을 상상하는 데 도움이 되는 정보입니다. 드라마 보듯 장면 장면이 눈앞에 그려져야 책 읽는 재미가 있거든요. 서사의 디테일은 드라마만이 아니라 단행본 원고에도 수시로 배치하면 좋은 필수 양념이 됩니다.

## 5.
## 각주의
## 송이 밭을 캐라

각주가 있어야만 텍스트는 비로소 학술적이 된다. 각주
는 역사적 학문들이 충분히 학술적이지 못하다는 데카
르트주의자의 비판에 대한 반작용으로써 성립됐다. 이
로써 텍스트학의 검증도구로서의 각주는 자연과학 분야
에서의 실험과 동등한 지위를 차지하게 되었다(독일 영문
학자 디트리히 슈바니츠).

논문을 가장 논문답게 보이게 만드는 요소는 뭘까요. 저
는 각주라고 생각합니다. 각주는 인용의 출처를 밝히고, 본

문의 주장을 뒷받침하는 관련 논문이나 저서를 열거하거나, 그 내용을 구체적으로 적시하기 위해 씁니다. 자신이 쓴 논문이 학술적이라는 걸 입증하는 최대 증거이지요. 그래서 각주를 남발하는 경우도 있어 문제로 지적되기도 합니다. 내용의 부실함을 메우는 과포장지처럼 각주를 넣는 경우들이 왕왕 있거든요.

"그런데, 각주를 누가 읽나."

학문적 장식을 싫어하는 어느 교수님이 이렇게 말했습니다. 그러니 논문을 쓸 때 꼭 필요한 내용은 각주에 넣지 말고, 바로 본문에 쓰라고 조언해주더군요.

본문 하단에 가는 실선을 그어 본문과 영역 구분을 한 뒤, 본문보다 한 포인트 작은 글씨로 번호를 붙여 쓰는 각주. 처음 석사학위논문을 쓸 때 각주를 달며 예비학자라도 된 듯 야릇한 흥분에 휩싸인 기억이 납니다.

문제는 논문을 쓴 본인과 심사위원 외에는 각주를 읽는 경우가 거의 없다는 데 있습니다. 각주는 글의 무덤, 잊힌 땅이라고나 할까요. 그런데 말입니다. 단행본을 낼 때는 이 각주가 의외로 귀한 송이가 숨어 있는 솔숲일 수 있습니다.

앞에서 책을 끝까지 읽게 하는 힘은 이야기라고 한 것 기억하시나요? 논문을 단행본으로 낼 때는 재미있게 읽을 수 있도록 논문에 이야기를 입히자고 제안했지요. 쉽게 이야기 요소를 찾는 방법이 있습니다. 각주의 재활용이지요. 각주는 이야기의 보물창고입니다. 통상 흥미 있는 이야기라도 새로운 사실이 아니면 각주로 돌려버리잖아요. 내용이 길 경우에도 본문에서는 짧게 언급하고 나머지 전체 내용은 참고하라며 각주로 돌리기도 합니다.

저는 《미술시장의 탄생》을 쓸 때 스토리텔링을 위해 각주에 있는 '헌 내용'도 본문으로 다 끌어올렸습니다. 실선 아래 묻혀 있는 보석 같은 각주들을 찾아 본문에 녹여 넣는 일. 그게 처음 단행본 원고를 쓰며 여러 날에 걸쳐 한 일이었습니다. 얼마나 신이 나던지요. 굳이 새로운 자료를 발굴하지 않아도 내 논문 안에 알토란 같은 이야기 요소가 심어져 있고 그걸 캐기만 하면 됐으니까요. 솔숲에 소복하게 숨은 송이를 캐는 기분이 이러지 않을까요.

▶ 사례: 《미술시장의 탄생》

····················································

논문(〈한국 근대 미술시장 형성사 연구〉, 115쪽)에서 일제강점기인 1920년대에 생겨난 고미술경매회사 '경성미술구락부'에 대해 기술하는 부분에는 이렇게 각주가 붙었어요.

> **"1년에 10여 차례나 있었던 경성미술구락부의 경매는 평양, 부산 등 전국 각지의 상인들이 올라와 거래를 하였다"고 할 정도로 경성미술구락부는 전국적인 영향력을 가졌던 것으로 보인다.**[286]

---

286) 당시 경매 때 전국에서 사람들이 모여드는 상황을 다음과 같이 묘사하고 있다. "드나드는 사람들도 가지각색, 한복 차림의 점잖은 신사가 있는가 하면 양복 차림에 검은 여행가방을 든 상인 같아 보이는 이도 있고, 그런가 하면 일본식 하오리 하까마로 정장한 나이 듬직해 보이는 일본인 노신사들도 많이 보였다. 이 사람들은 모두 서울은 물론 지방 각 도시에서 몰려든 그 당대 손꼽히는 골동품 수장가와 상인들이다". 박병래, 《도자여적》, pp. 83~84.

각주에 나오는 이 문장은 미술품 경매회사였던 경성미술구락부를 이용한 사람들이 한국인들인지, 일본인인지, 그들의 직업은 어땠는지, 차림새는 어땠는지 등에 대한 아주 촘촘한 정보를 줍니다. 그래서 책으로 풀어 쓰면서 〈9장. '경성의 크리스티' 경성미술구락부〉 도입부에 이걸 활용하기로 했습니다. 경매가 열리는 날의 떠들썩한 경매장 건물 입구 풍경을 독자들이 상상하게끔 말입니다.

팁: 각주 내용을 본문에 올림

....................................................................

1922년 9월, 서울 남촌南村 소화통昭和通, 남산 언덕바지에 2층 양옥건물이 들어선다. 바로 일제강점기 최대 고미술품경매회사인 경성미술구락부다. 계단을 올라가면 유럽식 테라스가 있는 반서양식 건물이었다. 대경매가 열리는 달이면 전국에서 몰려든 사람들로 북적거렸다. 조선백자 수장가였던 의사 박병래는 당시 경매가 열리는 날 전국에서 사람들이 모여드는 상황을 이렇게 묘사했다.

"드나드는 사람들도 가지각색, 한복 차림의 점잖은 신사가 있는가 하면 양복 차림에 검은 여행 가방을 든 상인같아 보이는 이도 있고, 그런가 하면 일본식 하오리 하까마를 차려입은 나이 듬직해 보이는 일본인 노신사들도 많이 보였다. 이 사람들은 모두 서울은 물론 지방 각

도시에서 몰려든 당대 손꼽히는 골동품 수장가와 상인
들이다(215쪽).

어떤가요? 논문의 '무덤' 속 각주가 위로 올라오니 글이
훨씬 생생해지지 않았나요?

흥미롭게도 이런 각주 재활용법은 《서울 탄생기》에서도
보이더군요. 어떻게 하면 독자에게 재미있게 이야기를 전해
줄까 고민하다보면 생각들이 비슷해지나 봅니다.

▶ 사례: 《서울 탄생기》

·····································································

《서울 탄생기》를 쓴 송은영 씨의 박사학위논문 〈현대
도시 서울의 형성과 1960~70년대 소설의 문화지리학〉은 문
학 텍스트를 분석 대상으로 삼습니다. 그러니 이청준이 소설
가라도 그가 쓴 소설이 아닌 회고는 아래 사례가 보여주듯
논문(25쪽)에서 각주로 처리하게 됩니다.

**결론적으로 말해, 바로 인접된 구절 속에 실제의 지리적
공간과 일상생활 공간 사이에 대한 감각적 불일치를 버**

젓이 등장시킨《서울은 만원이다》속의 저 유명한 구절은, 미래에 대한 국가 정책의 비전과 서울에 상경한 사람들이 지니고 있던 욕망의 괴리를 표현하고 있다. 국가가 강제적으로 설정한 행정적 경계와 사람들이 실감하는 일상생활 공간의 상상적 경계의 불일치는, 후자가 전자를 압도하는 양상으로 표현된다. 국가 정책의 관심이 기존의 중심을 벗어난 '바깥'의 팽창에 있었다면, 정작 사람들의 관심은 기존의 서울 내부에 정착하는 데 집중되어 있었기 때문이다.[52]

---

[52] 대학에 합격하여 서울에 상경한 소설가 이청준이 훗날 1965년을 회고하면서 "나는 학교를 졸업하고 나서도 어떻게 하든지 이 서울에 다시 늘어붙어 남을 결심이었다. 그리하여 나는 한강을 절대로 건너지 않을 작정이었다. 같은 서울에 직장을 얻어 다니더라도 영등포나 강남쪽은 될수록 사양할 결심이었다"고 고백한 것은, 이 시기 서울에 정착한다는 것이 어떤 지리적 범위에 한정 있었는가를 여실히 보여주는 사례에 해당한다. 이청준, 〈이청준 연보〉, 《자서전들 쓰십시다》, 열화당, 1977, pp. 6~7.

당시 국가권력은 서울의 행정적 경계를 확장하여 서울의 규모를 점점 키우려고 했습니다. 하지만 사람들은 여전히 서울에 산다고 하면 전통적인 서울, 즉 강북에 사는 것이라고 생각했던 것이지요. 소설가 이청준은 "서울에 직장을 얻어 다니더라도 (변두리라고 생각하는) 영등포나 강남쪽은 될수록 사양할 결심이었다"라고 아주 리얼한 표현을 써서 그 시절 사람들의 인식을 보여줍니다. 대중을 위한 책을 쓰면서 이런 살아 있는 표현을 버릴 수는 없지요. 더욱이 이청준은 그냥 소설가가 아니라 문학에 조금이라도 관심 있는 이라면 모두가 아는 유명 소설가 아닙니까. 그래서인지 송은영 씨도 대중서《서울 탄생기》에는 각주에 숨어 있는 이 내용을 아래에서 보여주듯 본문 속에 담아 글의 내용을 풍성하게 하는 방법을 썼더라고요.

팁: 각주 내용을 본문에 올림

...............................................................

**소설가 이청준은 1970년대 후반 직접 작성한 연보에서 서울대학교를 졸업하던 1965년 당시를 회고하면서 이렇게 썼다.**

**"나는 학교를 졸업하고 나서도 어떻게 하든지 이 서울에 다시 눌어붙어 남을 결심이었다. 그리하여 나는 한강을**

절대로 건너지 않을 작정이었다. 같은 서울에 직장을 얻어 다니더라도 영등포나 강남 쪽은 될수록 사양할 결심이었다."

이청준의 고백은 이 시기 서울에 정착한다는 것은 강북 도심권과 그 주변에 머무른다는 의미였음을 말해준다. 사람들이 실제로 서울이라고 생각하는 상상적 경계와 행정적으로 구획된 경계 사이에는 아직 현격한 차이가 있었던 것이다(39쪽).

## 6.
## 첫 문장으로
## 승부하라

글의 성패는 첫 문장이 좌우한다고 생각합니다. 신춘문예 지
망생을 위한 〈신춘문예 첫 문장 쓰기〉 강좌가 있을 정도니까
요. 첫 문장은 심사위원(독자)이 그 글을 읽을지 말지를 결정
하는 첫 관문이잖아요. 그러니 학위논문을 단행본으로 쓸 때
도 첫 문장은 매한가지로 중요합니다. 그럼 책의 처음은 어
떻게 시작하면 좋을까. 이런저런 궁리를 오래했습니다. 고민
끝에 나온 제 방법을 소개합니다.

　이미 선행 연구, 연구 방법 등이 포함된 논문의 서론은 싹
둑 잘라내기로 마음먹은 뒤였습니다. 책에서는 논문의 본론

부터 바로 들어갈 작정이었습니다. 그런데 제 박사학위논문 〈한국 근대 미술시장 형성사 연구〉의 본론은 '근대 미술시장의 기점'으로 시작합니다. 이게 문제였습니다.

'근대 미술시장의 기점'은 왜 논문의 연구 시기를 개항기에서부터 출발했는지에 대해 서술하는 장입니다. 즉 근대적인 미술시장의 개념이 뭔지를 보여주고, 개항기는 그런 개념에 부합한 시기임을 주장하기 위한 것입니다. 논문 형식에서는 꼭 필요한 내용입니다. 그러나 논문을 단행본으로 낼 때는 이야기가 달라집니다. 일반 독자가 '근대 미술시장의 기점'까지 군이 알 필요는 없지요. 서론을 잘라낸 데 이어 본론의 이 부분도 과감히 잘라내기로 했습니다. 다만, 이 부분을 이야기하듯 재구성하기로 했습니다. 어떻게 했을까요?

저는 책을 살 때 내용이 궁금해서라기보다는 '저 사람은 어떻게 썼을까' 하는 궁금증에서 구입하는 경우가 더러 있습니다. 책을 몇 권 써본 저자라서 그런 관심이 생겼나 봅니다. 참고한 작가가 여럿 있는데 그 가운데 위기철 씨가 있습니다. 1990년대 중반에 청소년용 논리학 교양서 《논리야 놀자》로 인기를 누린 저자입니다. 그가 쓴 글쓰기 책(안타깝게도 제목은 기억이 나지 않아요)을 읽다가 무릎을 친 대목이 있습니다.

독자에겐 시시콜콜 스토리를 얘기할 필요 없이 어떤 이미지를 제공해주면 된다는 것이었습니다. 예컨대 봄에 대해 쓸 때 미주알고주알 봄에 일어난 모든 이야기를 쓸 게 아니라 화창한 봄날에 일어난 근사한 장면 한 컷만 독자에게 떠올리게 해주면 된다는 겁니다. 나머지 스토리는 독자의 상상력이 알아서 채워준다는 거지요. 이후 스토리텔링형 기사를 쓸 때는 그가 알려준 비법을 활용하곤 합니다.

이번에도 그걸 활용하기로 했습니다. 개항기를 보여주는 딱 한 컷의 이미지가 뭘까? 스스로에게 숙제를 냈습니다. 답은 외부 세계에 관문을 열어젖힌 조선의 거리로 서양인이 막 들어옴에 따라 달라지게 된 도시의 풍경이 아닐까요. 그걸 보여주는 게 뭐가 있을까? 곰곰 생각하는데 문득 한 장면이 떠오르지 뭡니까. 그 장면은 학위논문에는 쓰지 못한 대목입니다. 개항기에 고종 황제 시의로 부임한 독일인 의사 분쉬가 고국에 있는 애인에게 쓴 편지의 한 구절입니다.


**내가 이제부터 그대를 남산으로 모시고 가서 여기서 보이는 서울을 설명하겠습니다. 서울 시내는 굉장히 크고 높은 바위들로 둘러싸인 아늑한 계곡 안에 자리 잡고 있**

으며, 나지막한 오두막집들은 마치 막 심은 곡식들이 자라고 있는 밭과 같은 인상을 줍니다. 다만 유럽의 성 건축 모양을 본떠 지어진 낯선 외국의 공관들만이 이러한 단조로운 풍경 속에서 더욱 두드러져 보입니다《서울, 제2의 고향-유럽인의 눈에 비친 100년 전 서울》, 93쪽).

이 구절을 처음 읽었을 때 적이 감동했습니다. 분쉬가 서울을 가장 잘 볼 수 있는 위치로 남산을 택한 안목도 놀라웠고, 거기서 내려다본 전근대의 서울 거리를 묘사한 문학적 상상력도 대단했기 때문입니다. 그는 근대의 문명이 들어오기 전에 형성된 초가집들이 아득하게 펼쳐져 있는 서울의 풍경을 '마치 막 심은 곡식들이 자라고 있는 밭'이라고 비유했습니다. 전근대를 상징하는 초가집이 바다처럼 펼쳐진 서울에 섬처럼 떠 있는 외국의 서양식 공관. 그것은 외국인인 분쉬에게도 단박에 눈에 띈 이질적 요소였겠지만, 그런 이국의 주택 형식을 바라보던 그 시대 조선 사람들의 심정은 어떠했을까요. 서양을 향한 그 호기심, 그 선망, 또는 누군가는 느꼈을 그 열패감이 상상이 되며 감정이 복잡해지더라고요.

그래서 그 장면을 책의 첫 머리에 소개하면서 독자들에게 외국인을 마주치는 게 아주 낯설지 않았을 개항기의 한양 종로길을 함께 가보자고 제안했습니다. 그렇게 함으로써 개항기가 근대 미술시장의 기점임을 자연스럽게 녹여 넣고자 했습니다. 그 시작이 개항기 이후 근대적 미술시장이 형성되는 연극을 보여주는 무대의 막을 활짝 열어젖히는 커튼 같은 역할을 하도록 의도했습니다. 혹 제 책《미술시장의 탄생》의 서장을 읽어보신 분들, 그렇게 느끼셨는지요?

서장
120년 전, 한양에서 어쩌다 마주쳤을 서양인

서양인에게 조선은 '은둔의 나라'였다. 조선이 막 서구에 빗장을 연 1901년 말, 고종 황제 시의侍醫로 부임했던 독일인 의사 분쉬Richard Wunsch(1869~1911) 박사는 애인에게 쓴 편지에서 서울 남산에서 내려다본 시가지 모습을 이렇게 묘사했다.

"(남산에서 내려다보면) 서울 시내는 굉장히 크고 높은 바위들로 둘러싸인 아늑한 계곡 안에 자리 잡고 있으며, 나지막한 오두막집들은 마치 막 심은 곡식들이 자라고 있는 밭과 같은 인상을 줍니다. 다만 유럽의 성 건축 모양을 본떠 지어진 낯선 외국 공관들만이 이러한 단조로운 풍경 속에서 더욱 두드러져 보입니다."

……

그랬다. 1876년 강화도조약을 체결한 지 25년, 서울은 전근대의 이미지 같은 초가집이 바다를 이룬 가운데 근대 건축물인 서양식 외국 공관이 둥둥 뜬 섬처럼 선명한 대비를 이루고 있었다. 1901년에는 서양인들이 가져온 변화가 도시의 풍광을 아주 조금, 그러나 선명한 흔적을 드러내며 바꿨고 조선인의 일상에도 스며들었다.

……

이처럼 미술품이 자본주의적인 교환가치를 갖고 본격적으로 유통되기 시작한 시기가 개항기다. 그때로 날아가 상투 튼 남정네들이 외국인과 마주치는 게 낯설지 않았을 개항기의 한양 종로길을 어슬렁어슬렁 걸어가보자 (12~21쪽).

## 7.
## 처음은 늘
## 가볍고 설레게

논문을 단행본으로 풀어 쓰는 일은 학술논문이 갖는 무게와 딱딱함을 딱정벌레의 등껍질처럼 무겁게 지고 출발한 글쓰기 여정이었습니다.

처음부터 독자층을 폭넓게 상정하지는 않았습니다. 가벼운 에세이를 즐겨 읽는 독자층까지 염두에 두지는 않았다는 이야기입니다. 그럼에도 불구하고 논문이 아닌 인문학 단행본이므로 더 많은 독자를 끌어안고 싶었습니다. 논문이라면 읽는 사람이 몇 명이나 되겠습니까. 하지만 이건 책이기에 역사에 관심 있는 사람이라면 근대사를 읽는 기분으로 찾을 수 있을 것이라 생각했습니다. 미술시장이라는 창을 통해 격동의 근대사를 들여다보는, 또 다른 독서 방식이 될 수 있을 테니까요.

신문사에서 미술과 문화재 기사를 전문적으로 취재합니다. 미술 기사에 대한 반응은 대개 썰렁합니다. 이와 달리, 문화재 기사에 대한 관심은 폭발적입니다. '433년 전 급히 묻은 항아리서 조선 초기 활자 1,600점 우르르' 같은 발굴 기사가 그런 예입니다. '이 정도면 전 국민이 역사학도 아냐'라는 생각이 들 정도로 조회 수가 많고 댓글도 주렁주렁 달립니다. 역사서 마니아층을 끌어들인다면 독자층의 외연을 넓힐 수 있을 거라 판단했습니다. 미술사 연구자가 아닌 보통 사람들도 재미있게 읽게 하려면 어떻게 해야 할까? 책을 쓰는 내내 붙잡은 화두는 그거였습니다.

단행본으로 풀어 쓰며 논문의 서론과 결론을 잘라낸 것도 그래서지요. 그것만으로는 한참 부족합니다. 매 꼭지를 새로 시작할 때 계속 읽고 싶게끔 매번 '호객 행위'를 해야 합니다. 새로운 장을 읽을 때 산책하듯 가볍게 접근하게 하고 호기심을 자극할 수 있도록 구체성이 있으면 좋습니다. 적어도 도서관에서 정색하고 읽어야 하는 책을 잘못 사서 읽고 있구나, 하는 느낌을 줘서는 안 됩니다.

[1부 개항기]를 여는 첫 시작을 드라마 〈미스터 션샤인〉 이야기를 넣어서 긴장을 풀어주려고 한 것, [2부 일제 문화통치 이전]의 첫머리는 한 일본인 골동상의 회고록에 나오는 경매 장면을 묘사하며 소설을 읽는 기분을 주려 한 것 등이 그런 의도에서 나왔습니다. 그중 [2부 일제 문화통치 이전]을 소개합니다. 앞에서 본 예시 글인데, 이번에는 다른 목적으로 들고 나왔습니다.

---

팁: 논문 중간쯤에 나오는 흥미 있는 내용을 앞으로 끌어냄

........................................................................

**1906년 개성 지역에서 고려도기가 다수 출토되었다. 초대 통감 이토 히로부미가 현지 토산물의 하나로 고려도기를 사 모았으며 이왕직에서는 박물관을 설립함에 따라 고미야 미호마쓰**小宮三保松 **차관이 고려도기 및 옛 그릇에 주목하게 되는 등 유물이 왕성하게 발굴되는 시대가 드디어 막을 열었다. 이 무렵, 아카오**赤眉**라는 인물이 고려자기 경매를 시작했다. 나(사사키 쵸지)는 낮에는 노점을 운영했으며, 밤에는 그 경매의 장부기록을 담당했었다. 경**

매에는 아가와阿天, 아유가이鮎貝, 야마구치山口, 하조 다테巴城館 등 여러 인사들이 매일 같이 드나들었다. 아무튼 도기가 담긴 조선싸리〔朝鮮萩〕로 만들어진 가늘고 긴 상자들이 끊임없이 개성에서 경성으로 보내졌다.……

……

때로는 회고록의 몇 줄이 한 시대를 압축적으로 증언한다. 조선에서 고려자기 수집 열풍이 불어 닥치기 이전의 초기 단계부터 고려청자 거래에 뛰어든 일본인 골동품 상인 사사키 쵸지佐佐木兆治가 쓴 이 글도 그렇다. 무엇보다 사사키의 삶 자체가 고려청자가 미술품으로 탄생되던 역동적인 시기를 관통했다(107~108쪽).

사실 논문의 시작은 이렇습니다.

## 1. 일본인 통치층의 수요

1905년의 을사조약과 1910년의 한일합병은 일본인들이 미술시장의 주요 수요자로 부상하는 계기가 된 정치적 사건이기도 하다. 각각의 조약에 따른 통감부 정치와 총독부 정치의 연이은 개막은 일본인 행정부 관료와 사법

**부 및 금융 부분에서의 통치 지원층을 양산하였다. 뿐만 아니라 식민지 조선으로 이주한 본국의 일본인들 가운데 상공업 분야에서 종사하며 경제적으로 안착한 이들이 생겨났다. 식민지 조선에서 부의 피라미드 중상층부에 진입한 일본인들은 미술시장 수요층의 기반이 확충되는 효과를 가져왔다**(⟨한국 근대 미술시장 형성사 연구⟩, 51쪽).

논문의 이 글은 을사조약과 한일합병이 미술시장에 끼친 의미를 설명하는 문장이라고 할 수 있습니다. 하지만 단행본 독자들이 가벼운 마음으로 읽게 만들어야 하는 첫 문장으로는 지나치게 건조합니다. 논문 그대로 책에 가져오면 자장가를 불러주는 거나 마찬가지가 되겠구나, 싶었습니다.

그래서 논문 중간쯤에 나오는 사사키의 회고록 내용을 단행본에서는 과감하게 글머리로 돌렸습니다. 첫 문장이 달라지면 전체적인 문장 구조도 바뀔 수밖에 없습니다. 회고록 문장에 이어지는 다른 문장들이 고구마 줄기 엮이듯 한꺼번에 앞으로 따라 나와야 하기 때문입니다. 그러니 논문의 단락 단락들을 벽돌처럼 해체했다 다시 조립해야 합니다. 그 과정은 좀 수고로울 수 있습니다. 쉽게 바로 되지 않고 머리가 아플

수도 있습니다. 그러면 끙끙 앓지 말고 묵혔다 다시 시도합니다. 하루, 이틀 지나서 다시 논문을 보면 어떻게 바꾸면 좋을지 의외로 쉽게 방법이 떠오르기도 합니다. 어떤 글은 이처럼 며칠 걸려 해야 생각이 숙성되며 써지기도 하더라고요.

다른 사례를 더 볼까요. [3부 문화통치 시대]는 이렇게 시작했습니다.

팁: 다른 책에서 흥미있는 내용을 가져옴

.....................................................................

"그들보다 상류층 사람들이 그림을 샀기 때문이며, 그림으로 집안을 꾸미면 고상하게 보였기 때문이며, 또한 그림을 샀다가도 되팔 수가 있었기 때문이다."

헝가리 태생의 예술사회학자 아르놀트 하우저가 쓴 《문학과 예술의 사회사》 2권에 나오는 글이다. 그는 17세기 네덜란드에서 미술품 구매가 성행했던 배경을 이렇게 요약했다. 그림의 구매는 집안을 장식하고 투자를 하려는 목적도 있지만 근저에는 상류층을 모방하려는 심리가 작동하고 있음을 하우저는 간파했다.

마찬가지로 프랑스 사회학자 부르디외는 "부르주아 계급의 취향은 경제적 풍요로움에서 유래하며, 중간계급의 취향은 탁월해지고 싶은 욕망에서 시작되고, 민중계급의 취향은 필요로부터의 거리(즉 경제적 빈곤)에 근거한다"고 했다. 부르디외에 따르면 프랑스 대혁명으로 신분제 사회가 사라지고 자유민주주의 이념 아래 평등한 사회를 살고 있다고 생각하지만, 실제로는 여전히 사회적 계급과 신분이 존재한다. 신분적·계급적 질서는 사람들의 생활세계에 스며들어 있다. 일상의 취향과 기호, 교양이 자신의 계급을 상징적으로 드러낸다. 부르디외는 이것을 '아비투스habitus'라고 명명했다. 사람들이 취향을 통해 부와 개인의 탁월함을 과시하는 전형적인 방식이 예술품 구매다. 부르디외가 설파했듯이 취향의 차이에 따른 '신분적 구별 짓기'는 1920년대 식민지 조선에도 대입될 수 있다(203~204쪽).

원래 논문에는 이렇게 서술되어 있습니다.

## 1. 수요층의 확산과 대체재

프랑스 사회학자 부르디외Pierre Bourdieu(1930~2002)
는 "부르주아 계급의 취향은 경제적 풍요로움에서 유래
하며, 중간계급의 취향은 탁월해지고 싶은 욕망에서 시
작되고, 민중계급의 취향은 필요로부터의 거리(즉 경제적
빈곤)에 근거한다"고 하였다. 부르디외에 따르면 프랑스
대혁명으로 신분제 사회가 사라지고 자유민주주의 이념
아래 평등한 사회를 살고 있다고 생각하지만, 실제로는
여전히 사회적 계급과 신분이 존재한다. 그 이유는 신분
적/계급적 질서가 사람들의 생활세계에 스며들어 있기
때문이다. 즉 일상의 취향과 기호, 교양을 통해서 자신
의 계급을 상징적으로 드러내게 되며, 이것을 '아비투스
habitus'라고 명명했다. 또 취향을 통해 부와 개인의 탁
월함을 과시하는 전형적인 방식이 예술품의 구매이다.
부르디외가 설파한 취향의 차이에 따른 '신분적 구별 짓
기'는 1920년대 식민지 조선에도 대입될 수 있다(〈한국
근대 미술시장 형성사 연구〉, 100쪽).

앞 페이지에서 사례로 제시한 단행본의 첫 문장은 하우저

가 쓴 《문학과 예술의 사회사》에서 인용한 것으로, 위에서 보듯 논문에는 없는 것이었습니다.

이번에는 《서울 탄생기》에서 쓴 다른 방법을 살펴볼까요. 이 저자도 장마다 첫 시작을 어떻게 할까 고민을 많이 한 것 같습니다. 특히 책의 전체 첫 시작은 더 고민이 됐을 테지요. 아주 무난한 방법을 썼더군요. 바로 익숙한 것에 기대는 방법입니다. 낯선 길을 운전해 가면 긴장이 돼잖아요. 하지만 자주 가던 길이라면 아주 가벼운 마음으로 운전대에 올라타 길을 나설 수 있게 되는 거지요. 이 책은 본문을 다음과 같이 시작합니다.

▶ 사례: 《서울 탄생기》

......................................................

**이호철의 장편소설 《서울은 만원이다》는 해방 이후 서울을 언급할 때 반드시 거론되는 작품이다. 1960년대 중반 당시 서울의 풍속도를 종합적으로 재현한 이 소설은 당시 서울의 도시 공간에 대한 중요한 정보를 알려주는 텍스트가 되었다(30쪽).**

그럼 논문의 첫 문장은 어땠는지 볼까요?

## 1. 역사적 감각과 상상적 경계

**1960년대 초중반은 서울의 현대도시로의 전환과정에서 중요한 의미를 지니고 있다. 이 시기는 국가정책의 측면에서 볼 때 서울의 미래에 밑그림이 된 중요한 정책들이 시행되어 서울의 현대화에 새로운 전기가 마련된 기간에 해당한다. 그러나 사회사적 측면에서 볼 때 이 시기는 국가권력의 힘이 서울 구석구석에 충분히 침투하지 못한 채 법적 정비의 차원에 머물러 있는 시기이기도 하다〈현대도시 서울의 형성과 1960~70년대 소설의 문화지리학〉, 15쪽).**

논문 첫 시작의 어디에도 '《서울은 만원이다》'란 소설 제목은 등장하지 않습니다. 책의 첫 문장 '이호철의 장편소설 《서울은 만원이다》는 해방 이후 서울을 언급할 때 반드시 거론되는 작품이다'는 논문에서는 한 페이지가 지나서야 나옵니다. 1966년 《동아일보》에 연재된 《서울은 만원이다》는 산업화 세대와 민주화 세대라면 많이 읽었거나 읽지 않아도 자주 들었던 소설 제목입니다. 그래서 첫 문장에서 이걸 보면

'아하, 나도 아는 소설이네' 같은 기분을 주지요. 또 《서울은 만원이다》는 저자가 논지를 전개할 때 자주 분석 대상으로 삼았던 소설이라 중요하기도 합니다. 익숙하면서도 중요한 소설의 제목을 첫 문장에 가져옴으로써 독자로 하여금 어깨에 힘을 풀고 독서의 여정에 나설 수 있도록 도울 수 있는 거지요.

# 8.
## 중언부언
## 하지 마라

주변 사람을 한번 둘러보실래요? 한 말을 하고 또 하는 사람이 꼭 있습니다. 실없는 사람으로 보이기 십상이지요. 문장도 그러하답니다. 앞에 나온 단어나 구, 표현뿐 아니라 앞에서 서술한 정보가 또 나오면 글이 맥이 빠지고 글쓴이조차 실없는 사람이 아닌가, 하는 생각이 들더라고요. 문장은 인격의 반영이니까요. 그래서 문장론에서 더이상 걷어낼 게 없는 군더더기 없는 문장을 최고로 치나 봅니다.

신문 기사를 쓸 때도 중복은 금물입니다. 한정된 지면에 최대한 많은 정보를 넣기 위한 전략이기도 하지만, 중복은 신문 기사의 품격을 떨어뜨릴 수 있거든요. 정부의 정책 발표 기사를 쓴다고 해봅시다. 보통 발표 내용 중 가장 중요한 내용을 리드 문장으로 뽑습니다. 이어지는 문장에서는 "정부가 '이 같은' '이러한' 정책을 발표했다"라는 식으로 지시어를 활용하게 되는데, 표현의 중복을 피하기 위해서지요.

▶ 사례

·····························································

**정부가 '착한 임대인 세액공제'를 연말까지 시행하는 등 소상공인·중소기업 부담을 완화하는 각종 지원 조치를 연장하기로 했다. 홍남기 경제부총리 겸 기획재정부 장관은 24일 정부서울청사에서 제30차 비상경제 중앙대책본부 회의를 열고 '이같이'(따옴표는 저자가 붙인 것) 밝혔다.**

중복을 피하라는 원칙은 논문을 단행본으로 고쳐 쓸 때도 지켜야 합니다. 같은 내용이 되풀이되면 '함량 미달'의 책이라는 인상을 줄 수 있으므로 조심해야 합니다. 대개 신문 연재물을 엮은 책에서 이런 실수가 일어나기 쉽습니다. 연재물은 매번 처음 읽는 독자가 있을 수 있다고 상정해서 이전에 쓴 정보를 다시 제공합니다. '친절함'이 미덕이기 때문입니다. 연재물을 나중에 한 권의 책으로 낼 때는 그런 중복을 걷어내야 합니다. 저자도 편집자도 그렇게 하지 못한 경우가 왕왕 있더라고요. 중복을 걷어내는 게 생각보다 쉽지 않거든요.

몇 년 전 어떤 문학잡지로부터 신간 서평 부탁을 받은 적이 있습니다. 출판계에 의미 있는 책이었어요. 그런데 연재물을 평면적으로 나열하다보니 중복이 제거되지 못해 같은 내용이 몇 번이나 되풀이됐습니다. 아주 거슬렸습니다. 예컨대, 화가 A씨가 화단에서 중요한 역할을 했는데, 몇 회에 걸쳐 그 A씨의 이력이 되풀이되더라고요. A씨의 이력은 맨 처음 한 번 나오면 족합니다. 책은 '베개'를 해도 좋을 만큼 두꺼운 벽돌책이었습니다. 그런 중복만 빼도 책이 한결 슬림해졌을 겁니다. 그런 두툼한 두께는 냉정하게 이야기하자면 편집의 기술이 제대로 발휘되지 않은 탓이라고 할 수 있지요.

중복을 어떻게 없앨까요. 몇 가지 방법을 찾자면 이렇습니다.

2. 원고 쓰기 꿀팁 18

우선 목차부터 중복의 소지가 나타나지 않게끔 잘 짜는 게 중요합니다. 박사학위논문을 쓰는 과정에서 그런 경험을 했습니다. 논문은 연구 범위가 개항기, 1905~1910년대, 1920년대, 1930년대~해방 이전까지의 네 시기별로 나누고 시기별로 미술시장의 발전 과정을 추적합니다. 그런데 연구 방법에서 사회경제적 접근 방식을 취하기 때문에 논문 초고에서는 시기별로 논지를 전개하기 전의 앞장에 '시기별 경제사회적 특성'이라는 별도의 장을 두었습니다. 문제는 여기서 다룬 한국 사회의 특성이 시기별 미술시장의 변화를 다룬 본론에서 되풀이된다는 거였습니다. 결국 1차 심사에서 심사위원들의 조언에 따라 '시기별 경제사회적 특성'이라는 장을 아예 삭제했습니다. 그리고 나니 원고가 훨씬 깔끔해지더라고요.

　논문을 단행본으로 풀어 쓰는 과정에서도 중복의 제거는 그야말로 큰 숙제였습니다. 이 책이 박사학위논문 하나만을 풀어 쓴 것이라면 고민의 여지가 적었을 겁니다. 저는 박사학위논문을 쓴 이후 학술지에 연관된 논문 4편을 발표했습니다. 그걸 함께 엮다보니 중복의 문제가 자연스레 나타났습니다. 때려도 때려도 고개를 내미는 두더지게임처럼, 중복된 문장은 걷어내고 또 걷어내도 눈에 띄었습니다. 저는 퇴고하는 과정에서 출판사 편집자와 원고를 세 차례 주고받았습니다. 최종적으로는 가편집된 PDF를 종이로 출력해 받았는데, 거기서도 중복된 문장이 나타났습니다.

중복된 문장의 제거에는 편법이 따로 없습니다. 쌀을 씻을 때 섞인 돌을 찾아 가려내듯 가려내고 또 가려내는 수밖에 없습니다. 중복된 문장을 삭제한 이후에는 그 앞뒤 문장이 자연스레 연결되도록 하는 테크닉이 발휘돼야 합니다.

퇴고할 때는 원고를 컴퓨터 화면으로 볼 게 아니라 종이에 프린트해서 보는 게 좋습니다. 종이로 프린트를 하면 좀 더 거리감을 갖고 원고를 교정하는 기분을 줍니다. 적당한 거리감이 생겨서 그런지 컴퓨터 화면으로 볼 때보다 중복된 문장이 잘 찾아지더라고요. 종이를 앞뒤로 뒤적이며 찾아보기도 편하고요.

만약 중복된 문장을 발견했다면 어느 부분을 살리고 어느 부분을 버릴 것인지 결정해야 합니다. 문맥에 따라 다르겠지만, 대체로 앞부분 문장을 살려주는 게 낫습니다. 뒷부분에서는 앞에 그런 문장이 있음을 적당히 상기시켜주면 됩니다. '앞장에서 이야기한 대로' 식의 표현을 써서 환기시켜주면 좋겠지요. 아예 언급을 안 해도 상관없을 때가 많습니다.

"이걸 삭제하면 앞뒤 문장의 연결이 자연스럽게 전개되지 않는데……." 주저된다고요? 그냥, 과감히 삭은 가지 치듯 문장을 삭제해보세요. 대체로 문장이 훨씬 근사해집니다. 이(중복 문장)가 빠진 뒤 앞뒤 문장을 어떻게 자연스럽게 연결하냐고요? 그건 그때그때 고민하면 답은 나오게 마련이더라고요.

▶ 사례 : 《미술시장의 탄생》
　— 중복된 문장의 삭제

**경성부에 거주하는 한국인 인구는 <u>1910년</u> 23만 8,499명에서 1920년 18만 1,929명으로 줄어든 반면, 같은 기간 일본인은 <u>3만 8,397명</u>에서 6만 5,617명으로 늘었다. 한국인은 24퍼센트 줄어들고 일본인은 71퍼센트 증가한 것이다. 이렇게 인구 구조가 바뀜에 따라 상품시장도 일본인 중심으로 재편되는 게 불가피했다.**

**이는 서화 시장도 마찬가지였다. 인기 서화가의 고객 가운데 일본인이 차지하는 비중이 커졌던 것이다. 김규진이 광고에서 "본당에 오셔서 문의하시면 외국이나 국내**

의 어디라도 수응할 것임"이라는 문구를 쓴 것은 국내 거주 일본인은 물론 일본 거주 일본인까지 염두에 둔 때문으로 보인다. ~~1910년 경성 거주 일본인은 4만 명에 육박했고, 상업 종사자의 비율은 30퍼센트에 달하여 일본인 수요 증가를 가늠해볼 수 있다~~(188~189쪽).

앞 문장에 밑줄 친대로 '1910년' 일본인 인구가 '3만 8,397명'이라는 정보가 나옵니다. 일부 중복이 있어 이 문장을 삭제한 것이지요.

## 9.
## '가분수 문장'을 없애라

"역시 논문이라 문장이 어쩔 수 없어."

이런 생각이 든 적이 많을 정도로 논문에는 '가분수 문장'이 많습니다. 주장이 넘쳐나며 수식이 길어진 탓에 주어 앞의 문장이 가분수처럼 커진 걸 말합니다. 문장도 복잡해집니다. 긴 건 한 문장이 10줄이나 됩니다. 문장이 늘어지니 주술관계가 아슬아슬하고, 종국엔 엇나가기 십상이더라고요. 주술관계가 둘 이상인 복잡한 문장에서는 누구라도 문장 실수를 하기 쉽습니다. 문장이 길어지니 처음 주어가 어땠는지 깜빡 잊어버리게 되거든요. 또 동사 형태가 달라지기도 합니다. 예컨대, 동사가 앞에서 수동형이었다면 수동형으로 계속 이어져야 하는데, 뒤에서 능동형으로 바뀌는 실수가 생기는 거지요.

왜 논문에서는 유독 문장이 길어지게 되는 걸까요. 문장이 복잡해야 더 논리적으로 비친다는 고정관념이 있는 건 아닐까요. 또 인용한 참고문헌을 '효과적으로' 표기하는 방법이라고 잘못 생각할 수 있겠네요. 제 경우가 그랬답니다. 신문 기사를 쓸 때는 그렇지 않은데, 논문을 쓸 때는 유독 복문을 즐겨 쓰는 저를 발견했어요.

생각해보니, 논저나 문헌자료를 인용할 때 여러 인용 내용을 가급적 각주 하나로 처리하려다보니 그랬다는 걸 깨닫게 됐습니다. 같은 책에서 참고한 여러 내용을 몇 개의 각주에 걸쳐서 표기하기보다는 안은문장(복문)을 사용함으로써 인용 출처를 각주 하나에 담으려고 한 거지요. 논문을 쓰면서 의식하지 못하는 사이에 그런 나쁜 글 습관이 생긴 게지요.

박사학위 과정을 할 때의 일화를 들려드릴게요.

후배: "언니, 문장을 짧게 하려면 어떻게 하면 되죠?"
나: "끊으면 되지!"

후배: "와우! 그러네, 그러면 되는 거였네."

후배가 논문을 쓰는데 글이 잘 안 나간다며 어느 날 도움을 청해왔습니다. 딴에는 제가 기자니까 대단한 비결이 있을 거라 생각한 모양입니다. 제 답이 '콜럼버스의 달걀'처럼 어이없을 정도로 쉬웠는지 후배가 깔깔대며 웃더라고요. 그러면서 즉각 수긍하지 뭡니까. 우리 모두 답은 알고 있었는데 실행이 잘 안 되었을 뿐인 것 아닐까요? 알면서도 그게 왜 안 될까요? 생각해보면 여러 이유가 있을 겁니다. 아마도 한 번에 너무 많은 말을 하고 싶어서 그런 것 아닌가 싶기도 하고요.

논문 문장도 간결한 것이 좋습니다. 하물며 논문을 책으로 고쳐서 낼 때는 더더욱 그렇습니다. 그래야 보통의 독자도 편하게 읽을 수 있지요. 문장은 짧을수록 읽기도 편하지만, 메시지 전달도 분명해집니다. 또 복잡한 문장에서 저지르기 쉬운 실수도 원천적으로 줄일 수 있습니다. 글이 한결 깔끔해지지요.

그래서 박사학위논문을 책으로 풀어 쓸 때는 가분수처럼 연결되는 문장을 가급적 짧게 끊으려고 애썼습니다. 넘긴 원고를 편집하던 편집자 역시 문장의 주술관계가 얽히면 짧게 끊어서 해결하는 방법을 썼다고 하더라고요. 최종적으로 원고를 편집 디자인한 뒤 PDF로 교정을 보는데 그래도 안은문장이 나오더라고요. 안은문장을 쓰는 문장 습관은 그만큼 질기게 남아 있었나 봅니다.

문장이 짧아지면 확실히 읽는 데 속도감이 납니다. 문장에 속도감이 있다는 건 엄청난 매력입니다. 말을 타고 달리듯 신나는 마음으로 읽을 수 있거든요. 가볍지 않은 내용 탓에 진도가 잘 나가지 않는 독자도 있을 터입니다. 문장을 속도감 있게 만드는 건 독서의 언덕을 올라가느라 숨이 차 있을 독자의 등을 밀어주는 배려입니다.

- 주술관계가 얽힌 경우

▶ 사례

● 초고

........................................................

**매켄지에 따르면, <u>일본 군인이</u>(주어-저자) 백주에 길 가는 선교사 여인의 가슴을 만지는 성추행을 버젓이 자행하기도 하고, <u>어느 가톨릭신부는</u>(주어-저자) 성당 안에서 일본군에 모욕을 당하고 매를 맞기도 했다.**

● 단행본

  팁: '일본 군인이'로 두 문장의 주어를 통일시킴

..............................................................

매켄지에 따르면, **일본 군인이**(주어-저자) 백주에 길 가
는 서양인 선교사 여인의 가슴을 만지는 성추행을 버젓
이 자행하기도 하고, 성당 안에서 서양인을 모욕하고 매
질하기도 했다(111쪽).


- 안은문장의 분리

▶ 사례 1

  ● 초고

..............................................................

나아가 박물관이 주입시킨 미적 인식이 내면화되고 전
통성까지 부여받으면서(①)/ 고려청자는 1920년대가 되
면 조선의 일반인들 사이에서도 민족적 긍지를 느끼게
하는 예술품으로 승격된다(②).

● 단행본

팁: 하나로 이어진 ①, ② 문장을 분리함

........................................................

1920년대가 되면서 고려청자는 조선의 일반인들까지도 민족적 긍지를 느낄 만한 예술품으로 승격한다. 박물관이 일반인에게 고려청자에 대한 미적 인식을 내면화하고 박물관에 전통성까지 부여하는 데 상당한 역할을 했기 때문에 가능한 일이었다(174~175쪽).

▶ 사례 2

● 초고

........................................................

춤을 추는 여인이나 악기를 부는 악공, 시립한 신하들의 키는 작아지지 않으면서 줄만 뒤로 갈수록 좁아지는 것이 어색하긴 하지만(①) 서양화의 일점투시도법의 영향을 받은 게 분명하다(②). 이는 이전의 궁중 기록화에서는 보이지 않던 방식이다. 궁중 기록화를 제작한 화원들이 서양화의 영향을 강하게 받았음을 보여준다.

● 단행본

팁: 하나로 이어진 ①, ② 문장을 분리함

· · · · · · · · · · · · · · · · · · · · · · · · · · · · · · · · · · · · · · · · · · · · · · · · · · · · · · · · ·

**춤을 추는 여인이나 악기를 부는 악공, 시립한 신하들의 키는 작아지지 않으면서 줄만 뒤로 갈수록 좁아지는 것이 어색하다.**

**그러나 이런 식의 표현은 궁중 기록화를 제작한 화원들이 서양화의 일점투시도법 영향을 받았음을 분명하게 보여준다. 투시도법은 이전 궁중 기록화에서는 보이지 않던 방식이다(75쪽).**

위 문장은 '~ 키는 작아지지 않으면서 줄만 뒤로 갈수록 좁아지는 것이 어색하다' + '이(앞 문장 전체)는 ~한 게 분명하다'의 두 문장으로 되어 있습니다. 하지만 앞 문장 주어 앞이 가분수처럼 길어지면서 뒤 문장에서 주어를 깜빡 놓쳤습니다. 수정할 때는 두 문장을 깔끔하게 끊어준 뒤, 뒤 문장의 깜빡한 주어('이런 식의 표현은')를 찾아주었습니다.

▶ 사례 3

● 초고

························································

그(고미야 차관)가 방문한 골동상점은 일본인 최초의 골동상점이었던 곤도 사고로의 상점일 가능성이 높지만, 다른 일본인 골동상인들과도 민족적 유대감을 기반으로 돈독한 관계를 가지며 일본인 박물관 고위 책임자-일본인 골동상인 간의 구매-납품 네트워크를 형성하고 있었을 가능성을 제시한다.

이런 추정은(①)/ 이왕가박물관 최초의 컬렉션이(②)/ 1908년 9월 공식 개관하기 전인(③)/ 1908년 1월 26일에 곤도 사고로로부터 구입한〈청자상감포도동자문표형주자 및 승반〉,〈청자상감국화모란무늬참외모양병青瓷象嵌牡丹菊花文瓜形瓶〉을 비롯한 고려청자와 은제도금합, 흑유호, 불상 등이라는(④)/ 점이 뒷받침한다(⑤). 더욱이 1908년 이왕가박물관에 도자기를 납품한 골동상 19명 가운데 3명을 빼고 모두가 일본인이라는 점은 민족적 네트워크 말고는 달리 설명할 방법이 없다( ' / ' 표시는 저자).

● 단행본

팁: 하나로 이어진 ①, ②, ③, ④, ⑤ 문장을

②+④, ③+①+⑤로 분리한다

.........................................................................

(앞 문장 동일) **이왕가박물관 최초의 컬렉션은 1908년 1월 26일에 곤도 사고로에게서 구입한 〈청자상감포도동자문표형주자 및 승반〉, 〈청자상감국화모란무늬참외모양병** 靑瓷象嵌牡丹菊花文瓜形瓶**〉을 비롯한 고려청자와 은제도금합, 흑유호, 불상 등이다. 그해 9월 공식 개관하기도 전에 일어난 이 구매 행위는 그런 추정을 뒷받침한다.** (뒤 문장 동일, 158쪽)

앞 문장을 바로 받아 '이런 추정은'이 주어로 나오면서 문장이 꼬였습니다. 전체 문장을 '이왕가박물관의 최초의 컬렉션은 무엇 무엇이다'와 '1908년 9월 공식 개관하기 전에 곤도에게서 구입한 행위가 그런 추정을 뒷받침한다'라는 두 개의 문장으로 쪼갰습니다.

문장을 쪼갠 뒤에는 나뉜 문장을 맥락에 맞게 풀어주거나 앞뒤가 자연스럽게 이어지도록 손봐야 합니다. 어떻게 하면 좋을까요? 글쓰기에 관한 전문서적을 참고하는 것이 좋겠지요. 이병갑이 쓴 《고급 문장 수업》(학민사)을 추천합니다.

# 10.
## 학술 용어의 엄중함은
## 지키되 쉽게 써라

2015년 학술지 《미술이론과 현장》에 〈개항기, 서양인이 미술 시장에 끼친 영향 연구〉를 투고했습니다. 심사 결과는 다행히도 '게재 가ㅠ'로 나왔습니다. 논문을 수정하지 않아도 오탈자만 교정하면 학술지에 게재가 되는 거지요. 그때 심사위원 3명 중 1명이 지적한 사항은 둔중한 울림이 되어 지금도 제 연구 태도에 영향을 미칩니다.

그 심사위원은 용어 사용의 엄중함을 가르쳐줬습니다. 개항기에 부산·원산·인천 등 개항장을 돌며 서양인들에게 그림을 팔던 기산 김준근 등 상업화가가 그린 풍속화가 있습니다. 투고한 논문에서 그 풍속화를 '수출화輸出畵'라고 표현했습니다. 그 심사위원은 외국에 파는 수출용 그림이 아닌데 수출화라고 명명한 게 타당하냐고 문제 제기를 했습니다. 뜨끔했죠. 김준근이 내국인이 아닌 외국인을 상대로 판매한 그림이라는 선명한 이미지를 줄 수 있다는 장점 때문에 깊이 고민하지 않고 그 용어를 썼기 때문입니다. 용어는 개념의 표현입니다. 어떤 새로운 개념을 담은 용어를 제시할 때는 학계가 납득할 만큼 논증을 해야 합니다. 저는 그 절차를 수행하지 않은 거였어요.

'수출화'는 우리나라가 아닌 중국에서 개항 후 상해 등 개항장을 중심으로 수출을 목적으로 제작된 그림을 지칭하는 학술 용어입니다. 조선 역시 개항을 한 뒤 입국한 서양인들이 새로운 수요층을 형성하기는 했습니다. 그러나 엄밀히 말하면, 김준근 등 시정의 상업화가들이 서양인에게 판매한 풍속화는 수출을 목적으로 제작한 그림은 아니었습니다. 그러니 조선에서 개항기에 제작된 이런 그림을 중국에서 출현한 수출화와 같은 용어로 쓰는 것은 학문적으로 맞지 않습니다.

어떻게 할 것인가. 고민하다 수출화라는 용어 사용을 강행하기로 했습니다. 다만 각주에서 왜 용어를 고집하는지에 대한 제 의견을 분명히 피력했습니다. 김준근이 그린 19세기 풍속화가 중국의 수출화처럼 공방에서 집단 제작된 수출용 그림은 아니라고 전제했습니다. 그럼에도 서양인 고객을 위해 다량 제작되고, 18세기 풍속화와도 소재와 양식이 다르며, 국내 소비를 위해 제작되는 그림과는 확연히 구분된다는 점에서 수출화적 성격을 갖고 있고 이미 그렇게 본 선행 연구도 있다는 점을 강조했습니다. 고종의 외교 고문을 지낸 독일인 묄렌도르프와 선교사이자 의사, 외교관이기도 했던 미국인 앨런 등 풍속화를 구입해간 일군의 서양인들은 처음부터 고국에 있는 박물관의 부탁을 받아 그림을 구매한 뒤 이를 자국의 박물관으로 보내기도 했습니다. 이처럼 우회적으로 수출 효과를 거둔 측면도 있습니다. 그래서 수출화는 학술적으로 정확한 개념은 아니지만, 용어가 갖는 선명성이 있어 필요에 따라 '수출화'라고 쓰고자 한다고 각주에 적었습니다.

어쨌든 연구자가 가져야 할 기본적인 태도, 즉 용어 사용에 엄정해야 한다는 걸 가르쳐준 죽비소리 같은 경험이었습니다.

그래서입니다. 박사학위논문을 단행본으로 내면서도 학술 용어가 갖는 엄중함을 지키고자 했습니다. 이는 이 책이 논문을 대중적으로 풀어 쓴 것이긴 하지만 기본적으로 연구의 산물이기 때문입니다. 고증이 되지 않은 부분은 무리하게 상상을 동원하지 않았습니다. 장르 소설을 쓰는 건 아니니까요.

그런 사례를 들어보겠습니다. 김준근이라는 상업화가에 대해 이야기할 때입니다. 조선시대 화가는 크게 두 부류였습니다. 궁중에 소속된 화원화가와 양반이나 중인이 취미로 그리는 문인화가가 그것입니다. 김준근은 이도 저도 아닌 제3의 화가, 즉 시정의 상업화가였습니다.

그런데 개항 이후 도화서가 폐지되면서 화원화가는 역사의 저편으로 사라지게 됩니다. 화원화가는 녹봉이라는 안정된 급여를 정부에서 받으니 지금으로 치면 '공무원 화가'였습니다. 직업적 안정성이 사라지며 거개가 상업화가로 살아야 하는 개항기 화가들의 실존적 상황이 김준근류의 상업화가가 활보하게 된 배경 중 하나였을 겁니다.

화원화가를 '공무원 화가'라고 쓰면 독자들이 이해하기 쉽겠지요. 공무원이라는 단어가 함의하는 직업적 안정성의 느낌을 확실히 전달해줄 수 있으니까요. 하지만 그 비유를 책에서는 쓰지 않았습니다. 흥미를 위해 과하게 친절해지고 싶지는 않았거든요. 대신 이 비유는 모 언론인지원재단에 저술지원금을 신청할 때 저술계획서에 활용했습니다. 그게 통했을까요. 어쨌건 그 원고로 언론인 저술지원금을 받았습니다.

여기서 짚고 넘어가야 할 게 있습니다. 그럼에도 불구하고 친절함은 잊지 말아야 한다는 것입니다. 글 쓸 때 친절한 태도는 아무리 강조해도 지나치지 않은 미덕입니다. 동료 학자가 아닌 교양 시민이 타깃 독자이기 때문이지요.

친절한 글쓰기와 관련해 참고하면 좋은 저자가 장하준 영국 케임브리지대학 경제학과 교수입니다. 그가 《그들이 말하지 않는 23가지─장하준, 더 나은 자본주의를 말하다》(부키)를 2010년 냈을 때 교양서의 새 지평을 열었다는 신선한 느낌을 받았습니다. 자본주의를 비판하는 무거운 책인데도 자기계발서인 양 '23가지'라는 제목을 내세워 주제를 열거하는 방식 때문입니다. 저만 그런가요? 베스트셀러였던 스티븐 코비의 《성공하는 사람들의 7가지 습관》(김영사)이 연상되지 않나요?

장하준 교수의 근작 《장하준의 경제학 강의》(부키)는 저자의 멘트인 '내용은 쉽고 말투는 순하지만 내 책 중 가장 래디컬한 책'이라는 말이 딱 맞는 것 같습니다. 아주 내용이 쉽고 말투가 순합니다. 정말이지 친절로 무장한 책입니다.

## ▶ 사례: 《장하준의 경제학 강의》

······································································

**경제학 저술에 등장한 최초의 주인공은 무엇이었을까?
금? 토지? 금융? 아니면 국제 무역?**

**답은 핀이다.**

**신용카드의 핀 넘버를 말하는 게 아니다. 요즘은 옷을
직접 만드는 사람이 아니면 잘 쓰지도 않는 쇠로 된 그
작은 물건을 뜻한다.**

**핀을 만드는 과정은 보통 최초의 경제학 서적이라고 (잘
못) 알려진 책의 제1장에 등장한다. 바로 1776년 출간된
애덤 스미스(1723~1970)의 《국부론》이다(37쪽).**

애덤 스미스가 《국부론》에서 부의 원천으로 분업을 통한
생산성 향상을 주장하기 위해 쓴 핀 만들기 사례를 언급하는
대목입니다. 대학 강의라면 핀 만들기 생산 공정을 세분화함
으로써 전문성을 키우는 게 생산성을 향상시킨다고 바로 얘
기하면 되겠지요. 하지만 이 책이 일반 독자를 상정한 만큼
장하준 교수는 이렇게 퀴즈를 냄으로써 독자의 흥미를 유발
하고자 합니다.

고전주의 학파, 신고전주의 학파, 마르크스 학파 등 여러 경제학파를 소개하는 대목에서는 지레 머리를 절레절레 흔들 수 있을 독자들의 심정을 미리 살피며 어루만져줍니다. 이렇게요.

**경제학파 칵테일: 이 장을 읽는 방법**
**독자들이 여러 경제학파를 모두 알게 되면 더할 나위 없이 좋겠지만, 바닐라 아이스크림 한 종류만 있는 줄 알았다가 아홉 가지 종류의 아이스크림을 한꺼번에 맛보라고 권유받으면 상당히 당황스러우리라는 것을 나도 안다.**
**단순하게 설명하려고 애썼지만, 그래도 이야기가 너무 복잡하게 들릴 수 있음을 인정한다(117쪽).**

늘 논문만 써오다가 대중서를 처음 쓰려면 쉽지 않습니다. 대중의 마음을 어떻게 읽지? 그런 걱정이 생긴다면 《장하준의 경제학 강의》을 읽어보라고 권하고 싶습니다. 이 책을 읽으며 자극을 받고 노하우를 참고해보는 것도 좋을 겁니다.

# 11.
## 고증이 어렵다면
## 돌아가라

"책은 저자가 내는 줄 알았는데 아니었어요. 편집자가 내는 거더라고요."

지인이 학술적 연구 성과를 모아 교양서를 냈습니다. 인문서로서의 품위가 느껴지는 근사한 인문 대중서였습니다. "편집자가 이것 알아봐라, 저것 조사해보라 등 깐깐하게 요구하는 통에 힘이 들었다"면서도 결과물에 아주 흡족한 표정을 지으며 그렇게 말했습니다. 그는 이전에도 몇 권의 책을 낸 적 있지만 모두 딱딱한 학술서였습니다. 학술지 논문 내용을 그대로 전재한 책이었습니다. 그랬다가 좋은 편집자를 만나 연구 성과를 교양서로 탈바꿈시키면서 그야말로 '편집이 뭔지' 제대로 맛을 본 거지요.

제가 푸른역사에서 《미술시장의 탄생》을 낼 때도 당연히 출판사 편집자의 도움을 받았습니다. 단순 오탈자에서부터 문맥이 이상한 부분, 중복된 부분, 팩트가 틀린 부분 등을 귀신같이 찾아내 지적해줬습니다. 그뿐이 아닙니다. 책의 완성도를 높일 수 있도록 '이러이러한 부분을 이렇게 보완해달라'는 주문도 있었지요.

예를 들어보겠습니다. 제 논문에는 개항기, 1905~1919년, 1920년대, 1930년대~해방 이전 등으로 시기 구분을 했습니다. 하지만 단행본에는 개항기: 1876~1904년, 일제 문화통치 이전: 1905~1919년, 문화통치시대: 1920년대, 모던의 시대: 1930년대~해방 이전 등 시기별로 그 시기를 특징짓는 수식어가 들어갑니다. 편집자의 아이디어입니다. 편집자는 또 각 시기가 시작하는 첫 단락의 앞에 한 페이지를 할애해 그 시대의 경제 사회 상황, 또 이것이 미술시장에 끼친 영향을 아주 간단히 요약하는 글을 달라고 주문해왔습니다. 이런 식으로요. 이를 포함해 편집자가 제안하거나 질문해온 내용을 함께 소개합니다.

▶ 사례:《미술시장의 탄생》

― 편집자 요청 사항

．．．．．．．．．．．．．．．．．．．．．．．．．．．．．．．．．．．．．．．．．．．．．．．．．．．．．．．

\* 개항기 전체를 정리, 소개하는 글 600∼800자 정도 들어갔으면 좋겠습니다.

\*궁금한 사항(자료가 있다는 전제하에서)

― 서양인들이 원하던 그림 주제, 양식에 관한 정보를 직업 화가들은 어떻게 파악했을까요?

― 이들이 찾던 고려자기가 모두 부장품은 아니지 않았을까요? 단정적 표현을 했는데 왕조가 바뀐다고 고려자기를 모두 파괴하거나 버리지는 않았을 듯 싶은데요.

― 서화 점포를 운영하던 이들은 어떤 사람이었는지요? 서화 점포 내부 풍경에 관한 정보는 없나요? 서화 점포와 직업 화가들의 거래 방식은 어땠는지요? 위탁 판매였는지 주문 생산이었는지 복제화가 많았던 듯한데 어떤 이들이 만들었는지요? 또 이윤 배분은 어땠는지요? '시장'을 중심으로 이야기를 풀어간다면 이런 부분이 언급되면 좋을 듯합니다.

위에서 언급한 편집자의 요청 사항을 가급적 책을 쓸 때 반영하도록 애쓴 것은 물론이지요. 좀 더 분명한 표현을 쓰거나 구체적인 서술을 추가하는 식으로요. 애쓰다 자료를 구할 수 없어서 포기한 것도 있고요.

그런데 편집자의 요청 사항을 일별하다 저도 몰래 빙그레 미소 지은 순간이 있습니다. '서화 점포 내부 풍경에 관한 정보는 없나요?'라는 대목에서요. 편집자의 주문이 있기 전에 벌써 그런 시도를 했거든요. '서화관의 내부를 드라마처럼 묘사하면 독자들이 꽤 좋아할 거야'라고 생각했지만, 마땅한 자료를 찾지 못해 포기한 터였거든요. 그런데 편집자가 제 맘을 읽기라도 한 듯이 콕 꼬집어 주문해왔으니 웃음이 날 수밖에요.

누차 얘기하지만, 딱딱한 논문을 교양인을 위한 책으로 낼 때는 술술 '읽히게' 이야기 요소를 강화해야 합니다. 묘사는 중요한 방법이지요. 서화관도 묘사를 할 수 있다면 얼마나 좋겠어요.

서화관은 화랑의 맹아입니다. 1906년을 기점으로 미술시장에 나타난 중요한 변화입니다. 평양의 서화가 김유탁이 자신의 호를 따서 세운 수암서화관이 화랑의 효시입니다. 서화관은 개항기까지 유행한 점포인 지전(종이를 팔면서 그림도 곁들여 판매)과 달리 서화만 전문적으로 취급하는 점포 형태의 유통 공간입니다. 이렇게 중요한 서화관이니 당연히 가게 모습을 묘사하고 싶었지요. 하지만 관련 사진이나 문헌자료를 찾지 못했습니다. 당장 유리문이 있었는지, 진열장은 선반 형태였는지, 그림은 천장에 매달기도 했는지 등에 대한 자료를 찾지 못하니까 디테일에서 막히고 말았습니다. 악마는 디테일에 있는데 말이지요.

상상만으로 채울 수는 없었지요. 드라마나 영화는 고증이 잘 안 되면 부족한 부분은 상상으로 메워도 심각한 문제는 없습니다. 고증에 실패해도 드라마니까, 대중들이 관대한 편이지요. 하지만 교양서라고 해도 논문을 뼈대로 한 이 책에서는 그럴 수는 없지요. 그래서 어물쩍 묘사하는 선에서 숙제를 마쳤습니다. 이렇게요.

'OO서화관'이라고 번듯하게 상호를 내건 점포. 두루마기를 정갈하게 차려입은 초로의 남성이 들어가더니 사랑방에 쓸 병풍용 그림을 찾는다. 주인이 의자에 앉아서 쉬다가 반색을 하고 일어선다. 그러곤 기명절지화, 화조화, 영모화 등 여러 종류 그림을 펼쳐 보이며 신이 나서 설명하는 모습을 상상해보라. 부자가 되고 출세하고 오래 오래 건강하게 사는 소망을 담은 그림은 일제 지배하에서도 이렇듯 사람들의 사랑을 받았다(183쪽).

## 12.
## 인물 이야기가
## 읽힌다

"손 샘, 이거 인물 중심으로 미술시장사를 풀어가면 어떨까요?"

"음……, 좀 곤란한데 어떡하나요? 제 박사학위논문의 뼈대는 …… 결이 달라서…….."

논문을 단행본으로 내기로 한 초기에 푸른역사 박혜숙 대표와 이런 대화를 주고받은 적이 있습니다. 충분히 공감이 갔습니다. 또 그런 책이 있습니다. 김상엽 씨(현 미국 워싱턴 대한제국주미공사관 관장)가 쓴《미술품 컬렉터들》(돌베개)이 대표적입니다. 간송 전형필, 외과의사 박창훈, 정치인 장택상 등 컬렉터를 중심으로 근대기 미술 향유 문화를 서술한 책입니다. 김씨는 앞서 그런 컬렉터를 중심으로 학술지에 논문을 여러 편 발표한 바 있지요.

하지만 제 박사학위논문을 뼈대로 한 이 책은 그런 서술 형식을 취하기가 곤란했습니다. 논문 〈한국 근대 미술시장 형성사 연구〉 자체가 시장의 세 주체인 생산자, 수요자, 중개 자의 유기적 관계를 미술시장에 대입했습니다. 시기별로 새롭게 출현한 수요자, 즉 컬렉터가 미술시장의 생산자인 화가, 중개자인 화상들에게 어떻게 영향을 끼치고 새로운 장르의 창안이나 새로운 제도의 혁신을 이끌며 미술시장을 형성해갔는지를 연구했습니다. 그런 혁신이 쌓여 지금과 같은 형식의 갤러리가 1930년대에 생겨나기까지 근대 미술시장 탄생 과정을 추적한 논문을 인물사로 꾸미는 것은 적절하지 않다고 생각했습니다. 내심 이 책을 저잣거리보다 학문의 전당에 바치고 싶기도 했고요.

한데 어쩌지요. 그러면서도 더 많은 이들이 읽어주기를 바라는 욕망은 잠재우기 힘들었습니다. 절충점을 찾았습니다. 논문 틀을 깨지 않는 선에서 인물 이야기를 요소요소에 양념처럼 치기로 했습니다.

그런데 인물 이야기는 왜 읽힐까요. 다큐멘터리가 아닌

드라마의 시청률이 더 높은 걸 떠올리면 답은 어렵지 않지요. 인물에는 흥망성쇠의 스토리가 투영돼 있어 읽는 재미를 줍니다. 타인의 삶을 엿보는 일은 가보지 못한 길을 걷는 듯한 대리만족을 주고 인물에 쉽게 감정이입시켜 독서의 몰입도를 높여주지요. 시든 채소처럼 시들한 내용도 인물 이야기가 첨가되면 비를 맞은 듯 싱싱해지는 효과를 냅니다. 초대 통감 이토 히로부미와 초대 총독 데라우치 마사타케의 이야기를 자세히 서술한 것도 그런 맥락입니다. 장승업 이야기에 특히 많은 분량을 할애한 것도 마찬가지 이유입니다.

근대기 3대 서화가인 안중식과 조석진, 김규진에 대해 서술할 때는 논문에 없는 시시콜콜한 내용까지 가미했습니다. 논지 전개에는 불필요한 것이라도 읽는 재미를 줄 수 있는 요소라면 일부러 집어넣었습니다. 그 시시콜콜함을 통해 독자들이 근대기 화단의 일상적 풍경을 드라마 보듯 상상해보기를 바란 거지요. 김규진에 관해 쓸 때 더욱 그랬습니다. 그의 삶은 영화로 제작해도 흥행 대박이 나지 않을까 싶을 정도로 드라마틱합니다.

김규진은 대한제국의 마지막 황태자 영친왕의 서법(서예) 교수를 지낼 정도로 권력과 가까웠고, 한국인 최초로 사진관

〈천연당사진관〉을 열 정도로 선진적이었으며, 사진관 안에 초기 화랑 격인 서화관(고금서화관)을 동시에 운영할 정도로 비즈니스 감각이 있었습니다. 한국 최초로 그림 가격 정찰제인 윤단제를 도입할 정도로 파격적이었습니다. 당시 초고가 사치품인 자동차를 타고 다니기도 했지요. 격동의 20세기 초반을 온몸으로 살아낸 김규진은 1920년대 무렵부터는 서화관을 접고 개인적으로 작업하며 주문을 받거나 전시회를 열어 판매에 주력했습니다. 이 무렵의 삶은 그가 1921년 6월 18일부터 1923년 9월 11일까지 쓴 《해강일기》에 담겨 있습니다. 학위 논문을 쓰면서는 그 일기자료를 통해 당시 유명 서화가의 미술 작품을 산 수요자가 누구였는지 파악하고자 했습니다. 일본인들이 대다수를 차지한 것으로 조사되었고, 당대 서화 시장을 이끈 주력 컬렉터층이 식민지 조선에서 부의 피라미드 상층부에 있던 일본인들이라는 결론을 내릴 수 있었습니다.

하지만 책을 쓸 때는 그가 천연당사진관을 운영하며 보여준 장사 수완을 녹여 넣었습니다. 논문에서는 불필요했지만, 책에서는 시대를 쥐락펴락한 그의 사업 역량이 어디서 나왔는지 독자들이 절로 느끼게끔 하고 싶었거든요.

― 해강 김규진에 대해 쓴 책 내용

..........................................................................................

여기서 해강 김규진에 대해 이야기하려고 한다. 이 걸출한 인물은 개화기~일제강점기 미술시장사에서 기억해야 할 사람이다. 김규진·안중식·조석진은 이 시기 미술계를 호령한 빅 3였다. 김규진은 당대 최고의 서화가이자 서화관을 차린 사업가였다. 서화관을 개업하기 전에는 최첨단 업종이던 사진관을 운영하면서 탁월한 영업 감각을 뽐내기도 했다.

……

그는 1890년대에 대한제국의 관리로 일했고, 사진 전문가가 되어 고종의 사진을 촬영하기까지 했다. 그는 만 39세이던 1907년 천연당사진관을 개설한 이후 언론에 자주 소개되었다.

……

김규진 관련 기사는《대한매일신보》에 집중적으로 나왔다. 그가 1907년 8월 17일 자에 개업 광고를 낸 지 한 달 가까이 지난 9월 15일,《대한매일신보》는 아래의 기사를 싣는다. 사진관을 확장함으로써 남녀 촬영 장소를 달리 서비스한다는 내용이 실려 있다.

……

당시 시장을 선점한 일본인 사진관들과 경쟁하기 위해 여성 고객층을 끌어들이려고 이런 아이디어를 낸 것으로 평가된다. 사진 촬영이 여성들이 선망하는 이국 문화인 것은 분명했다. 그러나 여전히 남녀유별의 유교적 관습이 지배하는 시대였기에 여염집 여성들이 남성 사진사 앞에서 포즈를 취하기란 쉽지 않았을 것이다. 유교 질서에 기반한 남녀유별 문화가 강하게 존속했음은 1907년 9월 개최된 경성박람회 때 '부인 구경하는 날'이 따로 정해져 그날은 남성의 관람이 금지됐던 데서 충분히 짐작할 수 있다(183~185쪽).

## 13.
## 유명인은
## '보약'

어느 날 후배가 이런 얘기를 했습니다. '나 웃기지?' 하는 표정을 잔뜩 짓고는요.

"언니, 연예인 A씨를 우연히 봤어. 근데 글쎄 나도 모르게 인사를 했지 뭐야. 내가 아니까 그 사람이 날 안다고 생각한 거야(키득키득)."

여러분도 이런 경우 있지 않나요. TV나 신문에서 하도 봐서 친근한 얼굴이라 그 사람도 나를 알 것 같은 착각에 빠지는 순간 말입니다. 연예인이든 정치인이든 유명 인사라서 드는 반가움은 꼭 당대 사람들에게만 한정된 게 아니랍니다.

역사 속 인물도 그런 반가움을 느끼게 합니다. 유명 인사가 갖는 아우라도 있겠지만, '나도 그 정도는 안다'는 지적 나르시시즘을 충족시켜주기 때문이 아닐까요. 그래서 이왕 인물 이야기를 할 거면 유명 인사에 기대보라고 권하고 싶어요.

간송미술관 전인건 관장이 들려준 얘기도 같은 맥락입니다. 서울 성북구 성북동에 위치한 간송미술관은 일제강점기 간송 전형필이 사재를 털어 사 모은 국보·보물급 미술 작품을 수장하기 위해 1938년 준공한 보화각이 모태지요. 이곳에서는 일 년에 봄가을 두 번 수장고를 열어 보름씩 작품을 보여줬는데, 관람객이 어찌나 모여드는지 전시회 때마다 화제였지요. 그러다 협소한 장소를 벗어나 더 많은 대중이 간송 컬렉션을 볼 수 있도록 몇 년간 서울 동대문디자인플라자 DDP에서 전시를 한 적이 있습니다. 전형필의 손자로 간송미술관을 맡고 있는 전인건 관장은 그때의 경험을 통해 이걸 배웠다고 합니다.

"대중은 새로운 것, 낯선 것보다 익숙한 것을 좀 더 자세히, 더 재미있게 보여주는 걸 좋아하더라고요."

책을 쓸 때도 사람들이 갖는 그런 보편적인 심리에 기대보는 건 어떨까요. 유명 인사를 내세우는 거지요. 논문에서는 유명 인사라도 중립적으로 나열합니다. 하지만 일반 독자를 염두에 두는 단행본에서는 그들을 돋보이게 하는 게 한결 좋습니다.

어떻게 유명인을 내세우면 좋을까요. 우선 앞에서 이야기한대로 목차에서부터 유명인을 강조해 궁금한 마음이 생기게끔 만들어야 합니다.

《미술시장의 탄생》은 누차 얘기했지만 미술이라는 창을 통해 들여다본 격동의 한국 근대사 이야기이기도 합니다. 역사 시간에 배운 고종의 외교 고문인 묄렌도르프, 의사이자 선교사인 앨런, 일제강점기 침탈의 주인공 초대 통감 이토 히로부미와 초대 조선 총독 데라우치 마사타케는 많은 이들이 알고 있는 인물입니다. '어, 이런 사람이 미술시장에도 영향을 미쳤군!'이라며 발견하는 기쁨을 주려고 했습니다. 모르는 사람보다는 익숙한 사람의 모르던 부분을 보여주는 것, 그게 독자를 끄는 중요한 포인트의 하나라고 생각합니다.

두 번째, 책의 본문에서도 이들이 미술시장에서 한 중요한 역할과 관련해 별도 문장을 삽입해 강조했습니다. 중요한 걸 '밑줄 쫙—' 그어 강조해주는 기분으로요. 묄렌도르프와 앨런에 대해 쓴 대목을 잠깐 볼까요.

먼저, 두 사람이 전체적으로 미술시장에서 행한 중요한 역할을 서술합니다.

> 하지만 이러한 시대의 혁신이 일어나는 가운데 그들이 미술시장에 변화를 초래할 힘을 지닌 새로운 수요자로 가세했다는 점은 지금까지 주목받지 못했다. 이를테면 대한제국기 고종의 외교 고문을 지낸 독일인 파울 게오르크 퓐 묄렌도르프Paul Georg von Möllendorff(1848~1901), 선교사이자 의사, 외교관이기도 했던 미국인 호러스 앨런Horace Allen(1858~1932)은 개항기의 대표적인 서양인 컬렉터였다. 두 사람은 고국에 있는 민속박물관의 요청을 받아 미술품과 민속품을 수집해서 보내주었다(27쪽).

이어 두 사람의 행위가 미술시장에서 갖는 의미를 서술하는 문장을 적당한 위치에 넣습니다.

> 당시 한국을 찾았던 서양인들의 수집 행위는 개인의 취미 차원을 넘어 조직적·국가적 차원의 수요 때문에 이

**뤄진 경우가 많았다. 서양인들은 고국 민속박물관의 의
뢰를 받아 한국 관련 민속품과 미술품을 확보하기 위해
'원격 컬렉터'로 활동했던 것이다(28쪽).**

각 인물의 인적 정보도 소상히 알려줄 필요가 있습니다.
논문은 새로운 사실 혹은 새로운 주장만이 언급할 가치가 있
습니다. 반면에 단행본에서는 익히 알려진 정보라도 독자의
이해를 돕기 위해 일부러 친절히 알려줄 필요가 있습니다.
그렇게 '싹싹한 서비스'를 통해 다음 장으로 진입하는 문턱
을 낮출 필요가 있습니다.

**개항 이후 서울에 입성한 최초의 서양인으로 통하는 독
일 출신의 고종 외교 고문 묄렌도르프가 대표적이다. 청
나라 주재 독일 영사관에서 근무하다가 청의 리훙장李鴻
章의 추천으로 한국에 왔고, 통리아문統理衙門의 참의參
議·협판協辦을 지내며 외교·세관 업무를 봤던 그는 갑
신정변 때 김옥균의 개화파와 반목해 수구파를 돕는 등
정치적 격변의 한가운데 있었던 인물이다(28~29쪽).
……**

미국 선교사 앨런은 1884년 의료 선교사로 조선에 들어와 조선 왕실의 의사로 일하면서 고종의 정치 고문도 역임했다. 갑신정변 때 부상당한 민영익을 치료한 것이 계기가 되어 왕실 의사와 고종의 정치 고문이 되었고, 1885년 왕이 개설한 한국 최초의 현대식 병원 광혜원의 의사와 교수로 일했다. 1887년에는 참찬관에 임명되어 주미 전권대사 박정양의 고문으로 도미, 한국에 대한 청나라의 간섭이 부당함을 미 국무부에 규명했다. 1890년 주한 미국공사관의 서기관 자격으로 조선에 돌아와 외교 활동을 시작한 그는 철도, 전등과 전차, 선로 등의 부설권을 미국이 획득하는 데 앞장섰다.

미국의 이런 획득에 깊숙이 개입한 외교적 수완가였던 앨런의 공식적인 삶의 이면에는 이렇게 미술품 수집, 정확히는 민속품 수집 행위가 진행되고 있었다(30쪽).

또 논문과 다르게 단행본에서는 아래 사례에서처럼 묄렌도르프와 앨런의 수집 품목을 하나하나 나열했습니다. 이걸 '일상용품'이라고 한마디로 뭉뚱그리지 않고 이름을 쓴 것은 독자들에게 물건 하나하나를 상상하며 시각적 즐거움을 누리게 하고 싶어서였습니다. 동시에 그림도 아닌 일상용품을 그가 왜 모아서 보냈지? 하는 의구심을 독자 스스로 갖게 하고 싶었습니다. 그 질문이야말로 이 책(논문)을 읽는 중요한 관전 포인트입니다. 그가 왜 이런 민속품을 수집했는지, 그 궁금증에 대한 내용이 곧 나올 것임을 예고하는 문장이기도 합니다.

> 앨런은 미국 국립 스미스소니언박물관의 의뢰를 받아 조류학자 피에르 루이 주이Pierre Louis Jouy(1856~1894), 해군 무관 존 버나도John Bernadou(1858~1902) 등과 함께 조선의 민속품과 미술품을 구입해 고국에 보냈다.…… 이들 세 사람의 컬렉션을 정리해 이 박물관 소속 민속학자 월터 휴Walter Hough가 1893년 출간한 책 《미국 국립박물관 버나도·앨런·주이 코리안 컬렉션》(이하 《버나도·앨런·주이 코리안 컬렉션》)을 보면 앨런의 수집품에는 당시 서양인들에게 사랑받았던 고려청자도 있지만 베갯모, 담배합, 솥 같은 일상의 시시콜콜한 물품이 대부분을 차지한다. 빗, 향낭, 은장도 등 여성용 화장용품과 액세서리도 상당수다(31~33쪽).

## 14.
## 새로운 주인공을
## 만들자

학위논문을 풀어 쓰는 단행본이니만큼 과감하게 새로운 인물을 띄워보는 건 어떨까요. 논문은 새로운 사료와 새로운 해석을 통해 자신의 주장을 펴는 글쓰기입니다. 그에 걸맞게 새로운 인물을 제시하는 게 의미가 있다고 할 수 있으니까요. 사람들은 유명한 사람, 익숙한 게 주는 편안함을 좋아하지만, 동시에 미지의 세계를 로망하고 낯선 인물을 동경하기도 합니다. 사람들의 모험가적 기질에 호소하는 거지요.

사료를 뒤지다보면 역사 속에 묻힌 흥미로운 인물을 만나게 됩니다. 연구를 진척시키기 위해 사료를 더 찾아보지만 생각보다 발굴하기 쉽지 않습니다. 실체를 완전히 드러내지 않는 인물, 모호해서 더 매력적으로 다가오는 인물, 언젠가는 부족한 사료의 틈새를 메울 수 있기를 희망하는 그런 인물이 있습니다.

'고려자기 골동상 이창호李昌浩'가 그런 인물입니다. 이창호는 자신의 이름을 역사에 남길 만큼의 사회적 지위를 갖지 못한 장사치였습니다. 세태 파악에는 빨라 새로운 노다지인 고려자기 거래에 발 빠르게 뛰어든 인물입니다. 하지만 판도를 바꿀 만큼의 자본을 갖지 못해 결국 무대 뒤로 빠르게 퇴장한 식민지 조선의 골동상인이었습니다.

이창호라는 인물은 학술지에 발표한 논문 〈이왕가박물관 도자기 수집 목록에 대한 고찰〉(《한국근현대미술사학》, 2018)에 등장합니다. 박사학위 취득 후 연구 주제를 심화시키며 새로운 사료를 발굴해 연구한 논문입니다. 국립중앙박물관의 전신인 이왕가박물관은 1909년 공식 개관에 앞서 1908년부터 소장품을 수집합니다. 저는 그 이왕가박물관이 그때부터 해방 전까지 구입한 전체 수집품 가운데 도자기 분야 수집품 목록을 단독으로 입수해 이를 통계적으로 분석하고 논문을 썼습니다. 도자기 수집품 목록에는 누구로부터, 언제, 어떤 품목을, 얼마의 가격에 사들였는지에 대한 정보가 나옵니다. 통계를 통해 을사늑약으로 일본이 조선의 외교권을 뺏은 이후 본격화한 고려자기 시장의 분위기를 읽을 수 있습니다. 이창호라는 인물은 그 자료에서 발견한 이름입니다.

이창호에게 매력을 느낀 것은 그가 고려자기를 취급한 골동상이었기 때문입니다. 고려자기는 거래 초기부터 일본인 골동상인들이 독점한 노다지 골동품이었거든요.

원래 고려자기는 개성 등지의 고려시대 무덤에 시신과 함께 부장품으로 묻혀 있던 기물이었죠. 약삭빠른 일본 사람들이 서양인의 동양 도자기 애호 붐에 편승해 남의 나라에 와서 이를 도굴한 뒤 서양인에게 몰래 팔았습니다. 그러다 을사늑약 체결 뒤에는 대놓고 상점까지 차려 판 것이지요. 조선으로 건너온 일본 상인들이 그 시장을 독점했다는 건 회고록 등에서 언급하고 있지만, 통계적 기록으로 보여준 건 이 논문이 처음입니다.

한국인 골동상은 이왕가박물관이 수집 활동에 나선 첫해인 1908년부터 납품자 명단에 등장합니다. 최봉운, 박순응, 김원만, 유혁노 등이 그들입니다. 하지만 이들은 중국 도자기나 조선 도자기를 팔았습니다. 이들이 납품한 품목이 전통적으로 소비되어온 고미술품인 중국도자와 도덕적인 문제가 없는 조선도자였다는 건 주목할 만한 사실입니다. 외국인들에 의해 '발견'된 고려자기가 도굴품인지라 한국인이 취급하기에는 윤리의식에 맞지 않았습니다. 미술시장 형성 초기 단계에는 한국인 상인들이 배제되거나 스스로 거리를 둔 것으로 해석할 수 있습니다.

이런 상황에서 이왕가박물관이 수집 활동을 개시한 지 5년 후인 1912년, 마침내 고려자기를 판매한 한국인이 등장합니다. '강姜'이라는 성씨만 기록된 이와 이창호 두 사람입니다. 강씨는 고려자기 〈청자화형향로青磁花形香炉〉(10원) 1점을 판매한 것에 그칩니다. 이와 달리 이창호는 '경오庚午'간지가 적힌 〈청자상감류수금문경오青磁象嵌柳水禽文庚午대접〉(10원)을 판매하는 것을 포함해 1912~1915년 주전자注子, 병瓶, 완盌(찻잔), 승반, 대접 등 여러 품목에 걸쳐서 고려자기 10점을 팔았습니다. 조선 도자기와 중국 도자기도 팔았는데, 이것까지 합치면 총 14점을 팔았습니다. 이창호는 한국인으로는 고려자기 판매 최다 기록 보유자입니다. 하지만 이 시장을 주름잡던 일본인 골동상과 비교하면 '조족지혈'입니다. 이왕가박물관 도자기 납품 물량 기준 전체 129명 중 23위에

머뭅니다. 물량 면에서 1위를 한 일본인의 529점과 큰 차이가 납니다. 가격 면에서도 최고가가 15원이라 수백 원대 고려청자를 납품한 일본인에 비하면 미미합니다.

그렇게 일본인이 장악한 고려자기 시장에 호기롭게 뛰어든 이창호였으나 이내 무대에서 사라지고 맙니다. 일본인 골동상과의 수주 경쟁에서 밀려난 듯 1912년부터 4년간이라는 짧은 기간만 보일 뿐 더는 납품자 명단에 그 이름이 보이지 않습니다.

이왕가박물관 도자기 수집 목록에 남겨진 이창호의 흔적을 보면 마음이 복잡합니다. 일본인들의 리그인 고려자기 골동품 거래에 뛰어든 조선인이라? 구미가 당기지만 마냥 '국뽕' 코드를 들이밀 수 없는 게 그가 취급한 고려자기가 갖는 특수성 때문입니다. 무덤 속에 시신과 함께 묻히는 기물에서 어느 날 예술품으로 변신한 고려자기의 어두운 출생을 생각하면 이창호의 등장에 마냥 박수를 칠 수 없거든요.

이창호는 그 시절 보통 사람들의 상업적 욕망을 보여주는 인물이 아닐까 생각됩니다. 국가의 명운이 풍전등화일 때 누군가는 의병 활동을 했지만, 누군가는 윤리의식을 팽개쳐서라도 일확천금을 거머쥐고 싶은 욕망이 뜨거웠습니다. 많은 조선인들이 비슷한 욕망을 가졌지만 그처럼 성공하지는 못했을 겁니다. 이창호도 초기 시장 진입에는 성공했지만 일본인과 조선인이라는 민족적 계급 서열이 생긴 일제강점 상황에서 더는 버티지 못했나 봅니다. 그렇게 부나방처럼 뛰어들었다 불타 사라진 존재. 이창호라는 한 시대가 낳은 음지의 인물에 처연한 감정이 들었습니다. 그를 기억하고 싶었고 독자들도 기억해주기를 바랐습니다.

'팩트'가 부족하니 논문에서는 평면적으로 다룰 수밖에 없습니다. 하지만 책으로 풀어 쓸 때는 약간의 테크닉을 발휘해 그의 존재를 부각할 수 있습니다.

우선, 역시 목차의 소제목에서 그를 내세워 눈길을 끌게 만들어야지요. 책의 목차에서는 '한국인 고려자기 골동상 이창호와 쏟아진 한국인 골동상'이라는 제목으로 나갔습니다. 책의 본문에서는 위에서 쓴 것처럼 그에 대해 서술했습니다. 이럴 때는 시나리오를 쓰는 드라마 작가의 기분에 빠져보는 건 어떨까요. 그런 기분만으로도 글쓰기의 관점이 달라질 수 있으니까요.

아 참, 경성에 최초로 고려자기 골동품 상점을 차린 일본인 상인 곤도 사고로도 아주 흥미로운 인물입니다. 그 역시 책에 드라마 주인공처럼 내세웠습니다. 목차엔 '최초의 일본인 고려청자 골동상 곤도 사고로'라 적었고요. 어떤 사람이었는지 궁금한 독자라면 책을 읽어보기를 권합니다.

## 15.
### 대중문화 코드는
### '감초'

신문에서는 뉴스 가치를 정할 때 고급문화보다 대중문화를 높이 평가하는 경우가 많습니다. 문학, 클래식, 미술 등 순수예술 분야보다 드라마, 영화, 아이돌 등 대중예술 분야 기사를 더 많이 씁니다. 톱 자리를 두고 두 장르가 경합할 땐 대중문화를 톱기사로 올리지요. 뉴스 가치 선정 기준의 하나로 '영향력impact'이 있기 때문입니다. 파급 효과가 클수록 뉴스 가치는 커집니다. 대중문화가 고급문화보다 수요층이 두텁기 때문에 더 많은 독자들이 읽을 거라고 판단하는 거지요. 또 대중문화의 오락적 요소는 팍팍한 현실에 지친 사람들이 긴장을 풀고 웃을 수도 있게 하니 더 환영받는 경향이 있습니다.

박사학위논문을 단행본으로 풀어 쓰며 대중문화가 갖는 그런 미덕에 기댈 필요가 있다고 생각했습니다. 첫 장부터 마지막 장까지 진지한 태도로 일관하면 독자들은 고교시절 교실에서 윤리 수업을 들을 때처럼 몸이 뒤틀릴 일입니다. 사실 인문학 책은 '지적 근육'이 단단하지 않다면 내내 읽기는 쉽지 않습니다. 이따금 긴장을 풀어줘야 "더는 좀이 쑤셔 못 읽겠다"며 책장을 덮는 불상사가 생기지 않게 되지요. "독자가 끝까지 읽게 만든다." 박사학위논문을 가지고 단행본을 내는 노하우에 관한 이 글쓰기를 하면서 품은 저의 소박한 소망이 이거라는 것 기억하시지요?

어떻게 대중문화 코드를 넣을 것인가. 방법은 두 가지입니다.

첫째, 묘사를 통해 대중문화 코드를 넣을 수 있습니다. 마침 이 글을 쓰기 한 해 전에 드라마 〈미스터 션샤인〉이 대박을 쳤습니다. 저는, 여자 의병이 된 대갓집 규수 고애신(김태리 분)에게도, 그녀에게 반해 은근히 돕는 조선인 출신 미군 장교 유진초이(이병헌 분)에게도 푹 빠져 뒤늦게 본방 사수에 합류했습니다. 드라마의 시대적 배경은 제 논문 전반부에서 다룬 개항기입니다. 드라마는 깔끔하게 고증한 세트를 통해 당시 시대상을 시청자들에게 쉽게 전달하는 데 성공했더라고요. 그 드라마 얘기를 《미술시장의 탄생》이 슬쩍했습니다. 그 얘기를 하는 것만으로도 파자마 차림으로 거실에서 TV를 보던 순간의 편안한 기분을 떠올리기를 기대한 거지요.

▶ 사례 1
· · · · · · · · · · · · · · · · · · · · · · · · · · · · · · · · · · · · · · · · · · · · · · · · · · · · · ·

**개항과 이어진 대한제국 시기를 시공간적 배경으로 한 드라마 〈미스터 션샤인〉(2018)은 "처음엔 쓰지만 곧 시고 단 오묘한 그 맛에 반하게 된다"는 가배, 미끈한 독일제 총, 금색 단추를 단 서양식 군복, 침대와 커튼을 갖춘 호텔 같은 시각적 장치를 통해 서구 문화의 유입에 따른 일상의 변화를 보여줬다. 서양인의 등장과 함께 조선의 삶과 문화는 변화를 겪을 수밖에 없었다. 영어를 가르치는 학교가 생기고, 서양인들을 위한 호텔이 생겼고, 서양식 병원이 세워졌고 거리에 전차가 다니기 시작했다.
하지만 이러한 시대의 혁신이 일어나는 가운데 그들이**

**미술시장에 변화를 초래할 힘을 지닌 새로운 수요자로
가세했다는 점은 지금까지 주목받지 못했다(25~26쪽).**

둘째, 인물 스토리를 통해서입니다. 저는 《취화선》이라는
제목의 영화로 만들어진 구한말 서화가 장승업의 일대기를
넣었습니다. 주의할 것은 대중문화는 재미를 위해 역사적 사
실을 부풀리기도 하고 인물에 신비감을 부여하기 위해 없는
사실을 추가하기도 한다는 점입니다. 역사적 사실(팩트)에 상
상(픽션)을 덧대었다고 해서 '팩션'이라고도 하지요. 그래서
책을 쓸 때는 영화 속 장승업의 이미지와 차이 나는 역사 속
장승업에 대한 저의 인물 해석을 분명히 했습니다.

▶ 사례 2
..........................................................................

조선 말기 화가 장승업은 영혼이 자유로운 화가의 이미
지로 대중에게 각인되어 있다. 임권택 감독이 메가폰을
잡은 영화 〈취화선〉(2002)의 영향이 크다. 그런 이미지
를 증폭시키는 장치는 술과 여자다. 장승업의 삶에도 이
는 어김없이 따라붙었다. 장지연張志淵(1864~1921)이

《일사유사逸士遺事》에서 "성품이 또한 여색을 좋아하여 노상 그림을 그릴 때에는 반드시 미인을 옆에 두고 술을 따르게 해야 득의작이 나왔다고 한다"라고 밝힌 것이 그러하다. 고아 출신이라는 점, 그럼에도 그림 재주가 뛰어나 화명을 떨쳤고, 급기야 소문이 임금 귀에까지 들어갔다는 일화, 궁궐로 불려 들어가 그림을 그렸으나 답답함을 이기지 못하고 몰래 뛰쳐나왔다는 에피소드 등 드라마틱한 요소들이 이어지며 장승업의 삶에는 구속을 싫어하는 자유인의 이미지가 겹쳐진다.

그러나 장승업의 그림 세계엔 자신이 살던 19세기 후반인 구한말~개항기의 격변기에 사회적으로 부상하며 미술시장의 주 수요층으로 떠오른 중인층과 농업 및 상업으로 돈을 번 신흥 부유층의 취향이 반영되어 있다. 생전 그와 교유했던 위창 오세창(1864~1953)은《근역서화징槿域書画徵》에서 이렇게 밝혔다. "술을 좋아하고 거리끼는 것이 없어서 가는 곳마다 술상을 차려놓고 그림을 그려달라고 하면 당장 옷을 벗고 책상다리 하고 '절지折枝와 기명器皿'을 그려 주었다.

주목할 점은 그가 주문받아 그린 그림의 종류가 기명절

지화器皿折枝画였던 사실이다. 기명절지화는 중국 고대의 청동기나 도자기에 꽃가지, 과일, 채소 등을 곁들인 일종의 정물 그림으로, 구한말 이후 일제강점기를 거치며 크게 유행한 '동양식 정물화'다. 기명절지화의 유행을 일으킨 주인공이 장승업이다(91~92쪽).

어떤가요? "에이, 겨우 그 정도 언급을 가지고……"라고 할 독자도 있겠습니다. 저는 이 정도면 충분하다고 생각했습니다. 이건 드라마나 영화가 주제인 책은 아니니까요. 드라마와 영화의 제목, 주인공 이름을 언급하는 것만으로도 독자가 살짝 기분 전환할 수 있으면 충분하지 않을까요.

## 16.
## 요새 이야기로
## 친근감을

"어머, 1950년대, 1960년대 얘기라면 그래도 좋을 텐데, 개항기는 너무 멀게 느껴져요."

《미술시장의 탄생》이 막 나왔을 때 고맙게도 책을 사 본 후배가 이렇게 솔직하게 말하더군요. 조선시대만 나오던 TV 사극의 무대가 고려, 신라 등으로 마구 거슬러 올라가는 걸 보며 개항기는 그리 멀지 않은 과거라 생각했는데 말입니다. 에고, 가수 장기하가 부른 노랫말대로 "그건 네 생각이고~" 인 거지요.

당돌한 그 후배의 말에 약간 기분 상하긴 했죠. 곰곰 생각하니 맞는 말이더라고요. 1988년, 1994년, 1997년을 시간적 배경으로 한 TV 드라마 '응답하라' 시리즈의 성공 비결이 레트로 감성이니, 이제 20~30년 전의 일도 향수를 자극하는 과거가 돼버린 세상이니까요. 그러니 개항기는 얼마나 멀게 느껴졌겠어요.

사람들은 시대가 가까울수록 친근하게 느끼는 법이랍니다. 사실 책을 쓰면서 저 역시 그런 심리를 고려하긴 했어요. 미술시장사인 이 책에서 동시대 얘기를 자주 언급하는 건 어울리지 않지만 적당히 쓰면 독자를 지루하지 않게 할 수 있을 거라고 생각했습니다. "근데 어디다 써 먹을까?" 전시 관람 문화의 출현을 서술하는 장에서 요즘 전시 얘기로 서두를 꺼내보면 어떨까, 하는 생각이 불현듯 들었습니다.

우리나라에서 전시 문화가 보편화되기 시작한 것은 여러 연구자가 지적한 것처럼 1920년대입니다. 다중이 모이는 공간에 그림을 걸어놓고 불특정 다수의 사람들에게 보여주는 방식은 서양에서 건너온 '근대 문화'였습니다. 조선시대에는 그림을 소장한 컬렉터가 사랑방에 지인을 불러 모아놓고 그림을 구경시켜 주는 게 일반적이었습니다. 그러다 일제강점 초기인 1920년대부터 일본인에 의해 이식되어, 서구의 관람

문화가 서서히 본격화됩니다. 아직 갤러리가 출현하기 전의 일이었어요. 전시회는 주로 학교 강당이나 종교시설, 신문사 강당에서 열렸습니다.

이 전시 문화의 탄생에 대해 서술할 당시 서울에서 열려 엄청 인기를 끈 영국 작가 데이비드 호크니 개인전으로 이야기를 풀어가기로 했습니다. 미술은 잘 몰라도 데이비드 호크니를 아는 사람이 많더라고요. 한창 뉴스에서 나온 전시 소식인지라 독자들이 익숙할 테고 또 유명인을 친근하게 느끼는 심리에도 기댈 수 있어 이중의 효과가 있을 거라는 계산도 했습니다.

▶ 사례

........................................................

**주말이면 가족과 영화관을 가거나 오페라를 보러가는 일이 흔해졌다. 미술관이나 화랑으로 전시회를 보러 가는 이들도 많아졌다. 2019년 서울시립미술관에서 열린 영국 팝아트 작가 데이비드 호크니전展은 38만 명 이상이 관람하는 대성공을 거뒀다.**

**......**

우리나라에서 지금과 같은 형태의 전시 관람 문화가 생겨난 것은 언제부터일까. 전시장의 벽에 작품들이 죽 걸려 있고, 관람객들이 찬찬히 둘러보고, 마음에 드는 그림이 있으면 구매까지 하는 전람회 문화는 1920년대 들어 보편화되기 시작한다. 1920년대는 가히 전람회 시대의 서막을 열었다.

……

공공 공간에서 작품을 전시하는 것은 전근대에서는 찾아볼 수 없던 유통 시스템이다. 조선시대에 컬렉터가 소장하고 있는 서화는 개인 사랑방에서 소수의 커뮤니티에 속한 이들에게만 공개되었고, 배타적으로 판매되었다. 양반층 컬렉터들은 사랑방으로 화원을 불러들여 그가 그림을 그리는 모습을 함께 구경하는 이벤트적인 모습을 보여주기도 했다(229쪽).

《미술시장의 탄생》은 술술 읽히도록 쓴 대중서는 아닙니다. 앞에서 얘기한 것처럼 10여 년 매진해온 연구 주제를 집약하고 싶었고 다른 이의 연구 논문에 이 책이 각주에서 인용되기를 바랐거든요. 엄청난 정보와 지식이 들어 있어서 정보 피로감을 느끼는 독자도 많을 겁니다. 그래서입니다. 책의 중간쯤 되는 지점에서 "에이, 어려워" 하고 책장을 덮고는 옆으로 밀치고 싶은 독자에게 "잠깐만!" 하고 어깨를 주물러주는 마음으로 요즘 시대 얘기를 꺼낸 겁니다.

원래 출판사 편집자에게 넘긴 원고에는 사례에 제시된 것보다 호크니 개인전 이야기가 조금 더 나옵니다. 전시를 보려고 긴 줄을 서서 기다리는 사람들을 묘사하는 대목도 넣었습니다. 그러면서 편집자에게 "불필요한 대목이면 문장을 줄여도 된다"라고 제 의견을 곁들였습니다.

'역시나'였습니다. 편집자는 완전히 덜어내지는 않았지만 분량을 줄였습니다. 기분전환용 글이 너무 길면 글의 흐름을 방해할 수 있을 테니까요.

그런데 요즘 시대 이야기로 서두를 여는 방식은 제 책처럼 '교양 학술서'를 지향한다면 자주 쓰는 건 좋지 않을 것 같아요. 벽돌책을 만들지 않을 거라면 그 얘기가 들어가는 만큼 진짜 넣고 싶은 논문의 내용을 덜어내야 하니까요. 하지만 '대중 교양서'를 원한다면 자주 활용해도 되지 않을까 싶네요. 어떻게 할 것인가. 여러분이 어떤 성격의 단행본을 원하는지에 달려 있겠지요.

여기서는 논문을 '대중 교양서'로 내는 방법에 대해 더 얘기할까 합니다. 그럴 땐 독자들에게 편안한 기분을 주는 게 포인트입니다. 그래서 정보의 양을 확 줄여야 한다고 앞에서 이야기했습니다.

또 다른 장치가 있습니다. 논문은 정보와 주장으로 이루어져 있습니다. 너무 많은 정보도, 설득하려 드는 주장도 독자 입장에서는 부담스럽지요. 그래서 제가 다른 책을 낼 때 쓴 방법을 알려드리려고 합니다. 음, 얘기하려고 보니 저자가 되기 위한 저의 고군분투기 같은 심정이 듭니다. 한마디로 요약하자면 '액자를 씌워라'입니다.

앞에서 얘기한 것처럼 대학원 석사 과정 첫 수업에서 알게 된 조선시대 중인 컬렉터 석농 김광국에 매료돼 조선시대 컬렉터에 대한 책을 쓰자고 마음먹었습니다. 그러나 책으로 탄생하기까지 과정은 녹록지 않았습니다.

처음 책을 쓰겠다는 일념으로 관련 논문과 책을 찾아 자료를 모았고 그걸 참고해 목차를 만들고 샘플 원고를 썼습니다. 처음 출간 의사를 타진한 출판사에서 보기 좋게 거절당했습니다. 출판 담당 기자로 일해 잘 알고 있는 출판사 대표였지만, 전화 통화에서 그가 보인 거절 태도는 매정하리만치 분명했습니다. "우리 출판사와는 결이 맞지 않습니다." 그러면서 병 주고 약 주듯 한마디 보태더군요. "그래도 정보 위주의 책을 선호하는 출판사들이 있습니다."

몇 차례 출간을 거절당한 속 쓰린 경험은 글쓰기 방식에 대해 고민하는 계기가 됐습니다. 실패에서 배우는 거지요. '도대체 어떻게 손을 봐야 하지?'

"그래, 그거야! 액자를 씌우자."

무릎을 치듯 이 생각이 떠올랐습니다. 조선시대 컬렉터에 관한 글은 일종의 역사서입니다. 과거 이야기입니다. 사람들은 과거보다는 지금 이야기에 더 매료되고 흥분을 느끼는 법이지요. 역사 속 현장을 찾아가 그 에피소드를 액자처럼 둘러쳤습니다. 그림에 액자를 씌우면 작품이 확 살아나잖아요? 글에서도 마찬가지의 효과를 볼 수 있습니다. 그렇게 하면 말랑말랑한 에세이 같은 느낌을 가미할 수 있겠다 싶더라고요.

예를 들어보지요. 《조선의 그림 수집가들》이라는 제목으로 출간된 이 원고의 시작은 조선 전기의 대표적 컬렉터 안평대군의 컬렉션과 그의 미술 애호 문화, 그가 서화계에 남긴 공헌에 대해 이야기합니다. 그냥 정보만 나열하면 독자는 이내 싫증을 느낄 수 있지요. 저는 안평대군의 체취를 느낄 수 있는 현재의 장소로 찾아가기로 했습니다. 그곳을 찾아가는 여정, 그곳에서 느낀 점과 생각을 에세이 쓰듯 적었습니다.

### 숨바꼭질 하듯 찾은 무계정사

8월의 무더운 어느 주말, 달랑 번지수만 들고 그곳을 찾았다. 서울 종로구 부암동 329의 4번지 일대. 안평대군 安平大君(1418~1453)의 삶과 야망이 서린 무계정사武溪精舍 터가 있다는 곳. 북악산 서북쪽에 위치한 부암동은 과거 조선의 권력 1번지, 경복궁을 둘러싸고 있는 동네다.

부암동 주민센터 맞은 편, 예쁜 파스타 가게 앞에 '무계

정사 1길'이라는 안내판이 손짓하듯 서 있었다. 좁은 골

목을 따라 200미터쯤 올라갔을까. 오른쪽에 버려진 공

터와 아름드리나무가 나타나는 게 아닌가. 이끌리듯 샛

골목을 따라 몇 발짝 걸어가니 갑자기 시야가 환해졌다.

넓은 공터가 있었다. 잡풀 무성한 공터를 내려다보는 위

치에 한옥 한 채가 얼핏 보였다. 가까이 가려던 나는 그

러나 대문에 걸린 육중한 자물쇠를 발견하고 걸음을 돌

려야 했다.

다시 안평대군의 집터를 찾기 시작했다. 대문 앞 번지수

를 확인하며 329-4번지를 찾아 동네를 오르락내리락하

기를 한 시간여, 결국 부암동 주민센터에 전화를 걸고

나서야 처음에 왠지 모를 서늘한 느낌이 들었던 그 집이

야말로 무계정사가 있던 곳이라는 걸 확인했다.

고리로 된 자물쇠로 채워져 있는 문을 밀어보았다. 사람

하나 비집고 들어설 만큼의 틈이 생겼다. 계단을 몇 칸

올라섰다. 꼭꼭 숨어 보이지 않던 '무계동武溪洞'이라고

새겨진 바위가 얼굴을 드러냈다. '안평대군 이용 집터'

라는 안내판도 그제야 보였다. 그곳엔 후대에 세워진 한옥 한 채가 있었다. 폐가이긴 하나 고관대작의 별장으로 쓰였을 것 같은 세련된 자태라서 안평대군 시절 정자의 모습을 얼핏 짐작게 했다(13~14쪽).

그러고는 원래 쓰고자 한 본문을 다음과 같이 시작했습니다.

**무계정사, "내가 꿈에서 노닐었던 무릉이 이곳이라네"**
〈몽유도원도〉를 알 것이다. 안평대군 이용李瑢이 만29세 때인 1447년, 꿈속에서 노닐었던 무릉도원의 풍경이 하도 기이해 화가 안견에게 그리게 한 산수화다. 그 무릉도원 이상향은 현실 속에 있을까? 있다, 비록 안평대군의 기준이긴 하지만. 부암동 무계정사 집터가 그곳이다(15쪽).

무계정사 터를 찾아간 그 경험은 어쩌면 저를 위한 것인지도 모릅니다. 한여름 매미 소리 악악대는 부암동 그 숲속에서 몇 백 년 전으로 훌쩍 날아가 자신을 따르던 신숙주, 박팽

년 등과 시회를 가지던 안평대군의 예술적 낭만과 정치적 욕망, 그리고 좌절을 옆에서 지켜보는 기분을 느꼈으니까요.

《조선의 그림 수집가들》을 읽어보면 알겠지만 저는 모든 '글 꼭지'마다 현장감 있는 에피소드로 액자를 둘러쳤습니다. 입신양명하는 대신 서화에 빠져 산 양반 컬렉터 육교六橋 이조묵李祖黙에 대해 이야기할 때는 일부러 여름휴가 때 그의 거문고 컬렉션이 있는 충남 예산 수덕사를 찾아갔고, 그 경험을 이야기로 풀었지요. 그런 방법만 쓴 건 아닙니다. '조선의 메디치가 안동 김씨'에 대해 쓸 때는 메디치가의 미켈란젤로 후원에 얽힌 에피소드를 소설처럼 묘사하며 이야기를 시작했습니다. 이런 '액자 전략'은 두 번째 단독 저서《한 폭의 한국사》를 낼 때도 마찬가지로 활용했습니다.

액자를 칠 때는 주로 머리 부분에 둘렀어요. 그런데 글머리만 고집할 필요는 없어요. 글 중간이나 말미 등 다양한 위치에 집어넣을 수 있습니다. 삽입하는 장소를 다양하게 구사할수록 글은 훨씬 리드미컬하게 느껴집니다.

내용이 조금 길어지긴 하지만, 글 중간에 액자를 친 사례를 하나 얘기해도 될까요?

《한 폭의 한국사》 '10장 〈이양도〉가 들려주는 공민왕의 러브스토리'에서 사용한 방법입니다. 아, 물론 여기서도 아래의 사례처럼 글을 처음 시작하면서 액자를 쳤지요.

> "엄마, 고려 때도 국제결혼이 있었대."
>
> 어느 날 가족이 모여 앉아 다문화 가정에 관한 방송을 볼 때였어. 중학교 2학년인 아들이 갑자기 뜬금없는 소리를 하는 거야. 알고 봤더니 역사 시간에 공민왕에 대해서 배웠대. 그 말을 들은 나는 맞장구를 쳤어.
>
> "네 말이 맞네. 공민왕의 왕비가 원나라 노국대장공주魯國大長公主니까 국제결혼은 국제결혼이구나……."
>
> ……
>
> 말이 나온 김에 거실 책장에서 도록을 꺼내 아이에게 옛 그림 하나를 보여 줬어. 바로 공민왕이 그렸다고 하는 〈이양도〉야. 갈색 무늬와 검은색 무늬의 양 두 마리가 걸어가는 모습을 비단에 그린 그림이지(135쪽).

이렇게 서두에서 요즘 여느 가정에서나 일어날 법한 말랑말랑한 이야기로 예열을 시킨 후 본격적으로 〈이양도〉에 대해 소개했습니다. 다짜고짜 〈이양도〉 얘기부터 시작하면 독자들이, 특히 이 책 주 독자층인 청소년들이 재미없어 할 게 뻔하거든요.

그런데 이 장에서는 중간에도 액자를 한 번 더 쳤습니다. 싫증을 금방 느끼는 청소년들의 관심을 붙들어 매기 위해서였지요.

> **"여봐라, 지필묵을 대령해라, 내 노국대장공주의 얼굴을 친히 그려 영원히 잊지 않으리라."**
> **"화원에게 시키지 않으시고……."**
> **"아니다. 왕비의 얼굴을 나보다 잘 기억하는 이가 누가 있겠느냐……."**
> **공민왕은 고려를 대표하는 화가였어. 그의 나이 서른여섯 살에 노국대장공주가 세상을 떠나자 아내를 애도하며 직접 초상화를 그렸다고 해**(137쪽).

앞 장에서는 〈이양도〉의 작품 그 자체에 대해 다뤘다면 뒷장부터는 공민왕의 개혁과 좌절에 대해 서술합니다. 사랑했던 노국대장공주의 뜻밖의 죽음은 공민왕의 일생에서 전환점이 되는 중요한 사건입니다. 그 부분을 강조하고 싶었답니다. 이왕이면 드라마를 보는 기분을 주고 싶어 위에서 보듯 소설처럼 꾸며봤습니다. 공민왕이 짝 잃은 슬픔을 담아 노국대장공주의 초상화를 그렸다는 기록도 있으니 화가 공민왕을 강조하는 이점도 있고요. 여러분도 알다시피 이후 공민왕은 국정을 신돈에게 맡겨버리며 고려의 몰락을 재촉하게 됩니다. 그러니 드라마 대본 같은 이 에피소드는 공민왕의 개혁이 좌절하는 역사 이야기로 자연스럽게 연결할 수 있는 장치가 될 거라고 계산했습니다.

이러한 액자 씌우기 전략은《미술시장의 탄생》을 쓸 때도 가급적 활용하려고 했습니다. 개항기~일제강점기 생겨난 한국판 사설 아카데미 '화숙'에 대해 서술할 때였습니다. 문득, 식민지 조선에서 안중식, 조석진 등 스타 화가들이 운영했던 화숙은 일본의 화숙을 모델 삼아 생겨난 것이었고, 그 일본 화숙은 프랑스에서 운영됐던 사설 아카데미 격인 화실을 벤치마킹했을 거라는 데 생각이 미쳤습니다. 2부 7장의 '사설 아카데미, 화숙'의 첫머리는 19세기 프랑스 인상주의 화가들이 그림을 배우려고 모여들었던 쉬어스 화실과 글레르 화실에 대해 이야기하는 것으로 글을 풀어가자는 아이디어가 떠오르더라고요. 인상주의는 한국 독자들이 가장 좋아하는 화풍이라 독자에게도 친근감을 주는 요소가 될 거라고 생각했음은 물론이고요.

## 사설 아카데미, 화숙

프랑스 인상주의 화가 모네는 1889년 고향 노르망디에서 파리로 상경했다. 파리에 있는 쉬어스와 글레르의 작업실에서 미술 수업을 받으면서 훗날 인상주의를 함께 열어간 마네, 피사로, 르누아르, 시슬레, 드가 등을 만나 어울렸다. 쉬어스와 글레르는 프랑스 정부의 공모전인 살롱전에 입선했던 당대 유명 화가였다. 이들 대가의 작업실에는 살롱전 입선을 꿈꾸는 화가 지망생들이 속속 모여들었다.

한국에서도 1910년경에는 유명 화가의 사설 아카데미 격인 화숙이 활발히 운영되고 있었다. 최초로 화숙을 운영한 직업화가는 안중식이다. 그가 사저에서 운영한 경묵당이 언제 출발했는지 그 시점은 분명치 않다. 안중식이 관재 이도영을 문하생으로 받아들인 1901년경에는 화숙 운영이 어느 정도 정착되어 있었던 것으로 보인다 (190쪽).

```
18.
결론은
새로 쓰는 마음으로
```

논문의 결론은 '전체 요약+도출한 결론+한계점 지적+향후 과제' 등으로 구성이 됩니다. 학위논문을 단행본으로 낼 때는 서론을 버린 것처럼 논문의 결론도 버려야 합니다. 엄밀하게 말하면 새로운 스타일로 다시 써야 하지요. 에세이처럼 가볍게 쓰는 게 좋습니다. 물론 논문의 결론에 쓴 재료는 다시 살려서 적당히 재활용해야지요.

저는 단행본으로 고쳐 쓸 때 이 결론을 어떤 분위기로 가져가면 좋은지에 대한 '촉'은 있었습니다. 신문 기자로 오래 일하며 독자를 상대로 대중적 글쓰기를 해온 터였기 때문입니다. 하지만 실행으로 옮기기엔 그 무렵 너무 지쳐 있었어요. 그해 1월에 시작한 초고 작업은 어느새 5월로 치닫고 있었습니다. 기자로 일하며 주말을 이용해 작업하다보니 생각보다 더디 걸렸습니다. 결론을 손봐야 할 지점에 와서는 에너지가 방전된 느낌이었다고나 할까요. 더는 원고가 꼴도 보기 싫더라고요. 답을 알면서도 대강했습니다. 논문의 '결론'이라는 용어 대신 단행본 초고에서는 '글을 마치며'로 표현은 바꾸었지만, 논문의 결론을 '복붙(복사해서 붙이기)' 하다시피 귀찮은 듯 썼습니다. 그렇게 초고를 마치고 편집자에게 원고를 넘겼습니다. 아니나 다를까요. 편집자가 다음과 같이 수정해달라고 요청해왔습니다.

**'글을 마치며'는 학위논문처럼 전체 내용의 요약에 치중하고 있습니다. 말 그대로 책을 마친 소감과 해방 이후 미술시장의 흐름을 지금보다 더 상세하게 언급해주면 어떨까 합니다.**

편집자가 검토한 원고를 다시 받고 며칠을 생각했습니다. 생각한다는 건 염두에 둔다는 의미입니다. 염두에 두고 있으면 산책하다, 샤워하다, 멍 때리다가 첫 문장의 아이디어가 떠오르는 순간이 있습니다. 시기별로 변화된 내용을 문장으로 요약해서 보여주기보다 사진 2장으로 함축해서 보여주는 건 어떨까 하는 생각이 떠올랐습니다. 즉 자본주의적 미술시장의 태동과 완성을 보여주는 이미지 두 컷을 선택하는 거지요. 구구절절 설명하지 않아도 독자가 사진의 이미지만으로 미술시장의 처음과 끝을 이해할 수 있게끔 말이지요. 논문 형식에 따르기 마련인 동어반복적인 요약을 피하는 방법이기도 합니다. 그리하여 〈글을 마치며〉의 도입부를 이렇게 시작했습니다.

글을 마치려니 두 장의 사진이 어른거린다. 하나는 1903년에 이탈리아 총영사로 서울을 찾은 카를로 로제티가 조선의 사회상과 역사, 풍물을 사진과 기록으로 생생하게 남긴 책《꼬레아 꼬레아니》에 나오는 골동품 상점의 사진이고, 또 하나는 1930년대 서양화 전시가 열린 서울 미쓰코시백화점 갤러리 사진이다.

고작 30여 년의 세월이 흘렀을 뿐인데 같은 도시의 풍광일까 싶을 정도로 서울의 미술시장 모습은 급속한 변화를 겪었다. 1903년의 골동품 상점은 대로변에 위치하고 있지만, 외관은 허름하기 짝이 없다. 조악한 진열대에 쌓아놓은 그릇엔 먼지가 쌓였을 듯하다. 목이 긴 도자기 정도가 골동품 가게임을 알아볼 수 있게 한다. 손님도 잘 찾지 않는지 동네 아이들이 가게 앞에 죽치고 앉아 있다. 그 모양새가 방물가게나 잡화가게 수준의 물건을 팔고 있을 거라는 짐작을 하게 만든다. 그랬던 것이 1930년대가 되면 지금과 다를 바 없는 형태의 자본주의적 풍광을 연출한다. …… 1920년대까지만 해도 학교 강당이나 종교시설 등을 빌려서 열리던 전시회는 1930년대 중반 미쓰코시, 화신, 조지아 등 여러 백화점에 서양식 전시공간인 갤러리가 들어서면서 상설화됐다.

미쓰코시백화점 갤러리에는 풍경이나 여인을 그린 유화 그림이 금박 액자에 걸렸다. 유화 관람은 그렇게 일상의 풍경이 됐다. 게다를 신고 하오리를 걸친 관람객들의 차림새로 봤을 때 백화점을 찾아 유화를 관람하고 작품을 구매하는 주 고객층이 식민지 조선의 상류층이었던 일본인들이었음을 짐작하게 하지만 말이다(368~369쪽).

이어 이런 변화를 추동한 동력으로서의 미술시장 참가자의 '자본주의적 욕망'을 서술했습니다. 이는 제 박사학위논문에서 내린 결론의 핵심 키워드입니다. 새로운 수요층의 요구에 맞춰 작가와 중개상이 혁신을 꾀하며 미술시장을 탄생시킬 수 있던 근저에는 새로운 자본주의 세상에서 배운 새로운 삶의 방식, 즉 상업주의적 태도가 깔려 있다고 보았습니다.

**이 책은 우리나라에서 근대적 형태의 미술시장이 언제 태동해서 언제 완성되었는지, 그 답을 찾아가는 여정에 대한 기록이다. 두 장의 사진은 어떤 의미에선 그 처음과 완성의 즈음을 상징적으로 보여준다. '근대=자본주의'라는 등식을 대입하면 이미 한국의 미술시장은 1930년대 중반 자본주의적 미술시장 제도의 모습을 거의 갖추게 된다. 1930년대의 갤러리와 경매회사, 전람회 등 미술시장 제도의 모습은 21세기인 지금의 갤러리현대, 서울옥션의 활동과 크게 다르지 않다.**

**1876년 처음 외부에 문호를 개방한 이후 해방되기까지 불과 70년이 안 되는 시기에 일어난 변화다. 무엇이 이런 압축적인 변화를 가능하게 했을까. 거칠게 요약하면,**

개항과 일제강점이라는 엄청난 외부 충격을 통과하는 과정에서 시장 참가자들이 보여준 욕망의 힘 덕분이다. 물론 '이식된 근대'가 만들어낸 부작용과 왜곡은 컸다. 그럼에도 미술시장의 제도가 진전되었다는 사실은 부정할 수는 없다.

그 근저에 흐르는 것은 자본주의적 욕망이었다. 화가와 중개상들의 이윤에 대한 욕망을 건드린 건 수요자의 힘이다. 개항기에 조선을 찾은 서양인과 부를 취득한 상업 부유층, 일제강점기의 일본인 상류층과 한국인 자산가층……. 시기별로 '미술 상품'을 사려는 수요층은 변해갔고, 그럴 때마다 화가와 상인들은 지갑을 꺼내는 새로운 수요층의 욕구에 민첩하게 반응하며 대응해갔다. 이 과정에서 제도의 혁신도 이루어졌다(369~370쪽).

이어 편집자의 요청대로 책을 마친 소회와 해방 이후 미술 시장의 흐름을 추가했습니다. 특히 해방 이후 미술시장은 다음 책에 대한 궁금증을 유발할 수 있도록 논문에서보다 상세하게 썼습니다. 논문에서는 이를 '향후 과제'라며 딱딱하게 서술했지만 단행본에서는 '향후 소망'처럼 부드럽게 바꾸었습니다.

　　이 책을 통해 2011년 박사과정에 입학하면서부터 매달
려 온 한국 근대 미술시장 형성과정에 대한 '1차 원정'은
일단락됐다. 하나의 매듭이 지어졌다는 점에서 일단 한
숨을 돌린 셈이다. 그러나 이것이 마침표가 아니라 쉼표
이기를 조심스레 희망해본다.

　　해방 이후의 미술시장사에 대한 연구와 저술은 언젠가 마
무리하고 싶은 욕심으로 남는다. 대략 훑어본 자료에 따
르면 1930년대 중후반에 생겨난 백화점 화랑은 해방 이
후에도 미술시장을 견인하는 중심 축 역할을 했다.

　　한국 근대 미술시장사의 탄생과정을 추적하는 데 지난
10년이 소요되었다. 해방 이후 미술시장의 변천사를 추적
하는 데에도 또 다른 5년, 10년이 필요할지 모르겠다. 사
실 엄두가 나지 않는다. 그러나 또 모를 일이다. 자료가
축적되고, 생각이 익으면 샘물이 솟아나듯이 내 안에서
다시 시작하고 싶다는 욕구가 샘솟을 지도(371~373쪽).

　　《서울 탄생기》에서 쓴 '에필로그'를 참고해보는 것도 좋습

니다. 이 책의 저자도 논문에서 쓴 결론을 버리고 에필로그를 완전히 새로 썼더군요. 제가 《서울 탄생기》 에필로그에서 주목한 것은 소설의 한 대목으로 글을 마무리한 시도입니다. 박완서의 유명한 소설 《엄마의 말뚝》의 한 대목을 인용하는 것으로 책을 마쳤습니다. 《엄마의 말뚝》은 서울 문안에 딸과 자신의 삶의 자리를 어떻게든 만들려고 했던 자신의 어머니를 소설가 박완서가 애도하는 회상기입니다. 《서울 탄생기》에서 저자가 내세우는 주장을 그대로 보여주고 있지요. 서울의 형성과 팽창 과정에는 정부의 정책 못지않게 서울에서 살아남아 성공하려는 보통 사람들의 욕망도 작용하고 있다는, 오랜 연구 끝에 도출한 결론말입니다.

참, 저자는 프롤로그에서도 최인훈의 소설을 인용하는 것으로 글을 시작했습니다. 《소설가 구보씨의 일일》 〈느릅나무가 있는 풍경〉의 한 대목입니다. 최인훈의 《소설가 구보씨의 일일》은 일제강점기 소설가 박태원이 근대 도시 경성을 무대로 해서 쓴 《소설가 구보씨의 일일》을 패러디해 1969년부터 1972년까지 쓴 글입니다. 이 책이 1960~70년대 서울을 무대로 한 소설을 텍스트로 다룬다는 걸 상징적으로 보여주는 장치이지요. 대구를 이루듯 소설을 인용하는 것으로 글을 시작하고 끝맺는 프롤로그와 에필로그의 처리가 흥미롭습니다.

단행본을 쓰는 과정은 마라톤입니다. 완주를 앞둔 결론에 와서는 지치기도 하지만 거꾸로 비장해질 수 있습니다. 비장한 태도는 독자가 부담스러워할 수 있지요. 독자 역시 그 긴 글을 따라오느라 지쳐 있을 겁니다. 그들이 마지막엔 툭 걸터앉아 지친 다리를 쉴 수 있는 편한 글이 좋습니다. 그러니, 쓰는 사람도 다른 호흡으로 쓰는 게 좋을 듯해요. 며칠 쉬다가 힘이 나면 새 기분으로 쓰는 건 어떨까요.

# 3

# 원고를
# 넘기고 나서

## 1.
## 출판인 머리
## 못 따라간다!

출판 편집은 한마디로 마술입니다. 같은 원고라도 편집자가 어떻게 포장을 하는가에 따라 결과물이 달라집니다. 책의 제목과 표지 디자인, 목차 잡기와 본문 서체와 크기, 책에 실릴 사진의 선정과 사진 위치 등 우리는 잘 모르는 디테일이 책의 품격을 결정합니다.

신문사에서 여러 기자가 참여한 신문 연재물을 단행본으로 내는 과정을 책임졌을 때의 일입니다. 처음 회사 측에서 의뢰했던 출판사의 결과물이 형편없어서 회사 간부에게 제안해 출판사를 바꾸었습니다. 그때 저는 편집의 마술을 놀라운 심정으로 목격했습니다. '같은 원고도 편집자가 다르면 이렇게 책이 달라지는구나.' 마치 요정 할머니의 지팡이 덕분에 재투성이 아가씨가 유리구두를 신은 멋진 아가씨로 변신하는 신데렐라 동화의 그 장면을 눈앞에서 목격하는 기분이었다고나 할까요.

책을 내는 건 논문 심사와는 전혀 다른 세계입니다. 출판은 대중을 상대로 한 작업이기 때문입니다. 문장이나 표현이 대중의 눈높이에 맞아야 하고, 끝까지 읽고 싶게끔 전체 구성이 재미있고 탄탄해야 하며, 지갑을 열고 사고 싶게끔 책의 제목, 표지 디자인이 눈길을 끌어야 합니다. 그건 출판사 편집자가 더 잘 하는 영역입니다. 그들은 그런 방향으로 사고를 훈련해온 사람들이니까요.

'출판인 머리 못 따라간다'고 종종 말하곤 합니다. 주변 사람 중 최고의 베스트셀러 작가인 최효찬 자녀경영연구소장이 해준 말입니다. 2011년 박사 과정을 이수하기 위해 휴직하고 대학원에 다니던 무렵이었지요. 학기를 마치고 종강을 하던 때였는데, 불현듯 방학을 이용해 책을 써야겠다는 생각이 들었습니다. 기자 시절 만나서 알고 지내던 최 소장에게 전화했습니다. 마침 저술 아이템이 두 개 있어서 의견

3. 원고를 넘기고 나서

을 듣고 싶었거든요.

《500년 명문가의 자녀 교육》이 10만 부가 팔리는 초대박을 친 후 신문사를 그만두고 전업작가로 살던 그에게 물어보면 확실한 답이 나올 것 같았거든요. 그는 《500년 명문가의 자녀 교육》이 자신이 기획한 게 아니라 출판사에서 제안이 들어와 쓴 책이라고 말해줬습니다. 이전에도 《메모의 기술 2》(해바라기) 등 몇 권을 냈지만 출판사가 기획한 이 책으로 비로소 베스트셀러 작가의 반열에 오른 거지요. 그래서일까요. 그는 "출판사 머리 못 따라간다", "기자와 출판인 머리는 다르다"라며 아는 편집자가 있다면 의논해보라고 조언해줬습니다.

마침 마땅한 편집자가 있었습니다. 대학교 선배의 시누이가 출판사에서 편집자로 일했습니다. 첫 책인 《조선의 그림 수집가들》이 나왔을 때 좋게 봐줬습니다. 음, 머쓱하지만 제가 대중의 눈높이를 맞출 줄 알고, 문장에 속도감이 있고, 글에 이야기를 밀어가는 힘이 있다나요? 그래서 괜히 '의지처'가 돼 염두에 둔 아이템에 대한 의견을 물었습니다. 하나는 미술을 소재로 한 자기계발서 아이템이었고 다른 하나는 미술 작품을 통해 한국사를 보여주자는 콘셉트였습니다. 후자를 추천하더군요. 그래서 나오게 된 게《한 폭의 한국사》입니다. 그 편집자는 창비가 제2회 청소년도서상 공모를 한다는 출판 동네 소식도 전해줬어요. 공모에 제출한 원고 제목은《옛그림 보며 한국사 나들이》. 어떤가요? 제목만 봐도 출판인의 감각이 제 감각을 뛰어넘는다는 걸 알겠지요?

책 제목에 관한 이야기를 하나 더 할까요?《아무래도 그림을 사야겠습니다》(자음과모음)를 낼 때는 책 제목을 두고 편집자와 의견 차이가 있었습니다. 제가 제안한 건《500만 원으로 미술 투자하기》, 뭐, 이런 거 비슷했습니다. 미술 투자를 목적으로 한다면 최소한 구매 예산으로 500만 원은 잡아야 한다는 게 책의 메시지였거든요. 사람들이 냉장고 가격은 잘 알지만 그림 가격은 너무 모르는 게 현실이고, 그림 값이 그렇게 싸지 않다는 걸 알려야 한다는 사명감 같은 게 있었습니다. 그런데 출판사 편집자는 500만 원이라는 단어를 빼야 한다고 주장했습니다. 20, 30대 청년층으로 독자층을 확대하려면 500만 원이라는 투자 금액은 그들에게는 부담스러운 액수라는 점, 자칫 책이 투자와 관련된 경영서로 읽힐 수 있다는 점 등 몇 가지 반대 이유를 제시했습니다. 설득력 있게 들렸고, 제 뜻을 접었습니다. 에세이형 책 제목인《아무래도 그림을 사야겠습니다》가 그렇게 해서 나왔습니다. 책이 나온 뒤 제목이 좋다는 이야기를 정말 많이 들었습니다. 이후 저는 제목이든, 뭐든 편집자의 의견을 따르는 편입니다.

모두가 아는 유명한 사례도 있습니다. 2011년 독서시장에서 서울대 김난도 교수의 《아프니까 청춘이다》(쌤앤파커스)가 대히트를 쳤던 걸 기억하시죠? 저자에게 '난도쌤'이라는 애칭이 붙을 정도로 책이 사랑받았습니다. 그때 여러 신문들이 저자뿐 아니라 저자를 발굴하고 대중의 감성에 맞게 책 제목을 정한 쌤앤파커스의 박시형 대표를 인터뷰했습니다. 베스트셀러의 탄생은 저자와 편집자의 2인3각이라는 걸 알기 때문이지요. 참고로 김난도 교수가 초고에 적어온 제목은 '젊은 그대들에게'였답니다.

저는 지금 박사학위논문을 단행본으로 쓰는 방법에 관해 쓰고 있습니다. 아마도 '교수'를 포함한 연구자들이 이 책의 구매자가 되겠지요. 이들이 출판사 편집자가 상대해야 할 잠재적 저자가 되겠지요.

다 그런 것은 아닐 테지만, 모 출판사 편집자가 연구자들의 권위의식에 대해 불편한 감정을 토로한 적이 있습니다. 예컨대 앞에서 제안한 것처럼 그 편집자도 논문의 서론과 결론을 쳐내고 목차도 손을 보자고 했더니 연구자의 권위가 훼손되는 것처럼 받아들이며 반대하는 이들이 적지 않았다는 거였어요. 또, 다른 연구자들이 나를 어떻게 볼까 등 남을 의식하는 경향도 있었다고요. 그 편집자는 제가 페이스북에 처음 글을 올렸을 때 자신의 생각을 읽은 것처럼 제안했다며 어찌나 반가워하던지요.

살다보니 알게 되더라고요. 많은 일들이 전문성을 요구하고 있고, 그럴 땐 전문가에게 맡기는 게 남는 장사라는 걸요. 논문을 책으로 내고 싶고, 이왕이면 더 많은 독자가 여러분이 쓴 책을 읽었으면 싶다고요? 그 일은 출판사 편집자가 전문가입니다. 연구는 여러분이 잘하지만, 책을 내는 건 그들이 더 잘하는 분야지요. 열린 자세로 편집자와 의견을 주고받으며 좋은 성과를 거두길 바랍니다.

지금은 대학교수로 가 있는 신문사 선배가 있습니다. 문화 분야 칼럼으로 사내외에서 호평 받은 분입니다. 그가 첫 책을 냈을 때 자존심 상했던 일화를 말하더군요. "글쎄, 출판사 편집자가 원고에 빨간 펜으로 줄을 북북 긋고 수정 사항을 적어 보냈는데……. 와, 얼마나 기분이 나쁘던지……."

이 정도는 약과입니다. 대형 문학출판사에서 편집자로 일하다 대표로까지 승진했고, 지금은 독립한 출판계 인사 J씨도 얼마 전 페이스북에 이런 글을 올렸더라고요.

"올해는 단독 저서이든, 공동 저술이든, 집필이든, 번역서

이든, 책을 몇 권 낼 것 같다. …… 후배 편집자가 보내온 수
정 지시서를 보면서 한숨만 휴 하고 쉰다."

남의 글을 뜯어고치며 책을 내온 편집 베테랑도 책을 낼
때는 이렇게 후배 편집자의 수정 지시서를 받는 마당입니다.
그러니 마침내 출판사가 정해져 여러분이 넘긴 초고에 편집
자가 빨간 줄을 북북 긋고 문장을 고쳐서 보내오더라도 주눅
들 필요가 없습니다. 이러이러한 방향으로 수정해달라고 요
구해도 기분 나빠할 일이 아닙니다. '저런 전문가들도 편집
자한테 같은 대접을 받는데, 나 같은 초보 저자라면 당연한
거 아닌가' 하는 쿨한 태도로 수용하는 것이 좋지 않을까요.

책을 내게 되면 여러분이 만나게 될 편집자의 역할은 몇
가지로 나눌 수 있습니다. 단순 오탈자 수정, 팩트의 확인 요
구, 중복의 제거, 과다한 정보의 삭제 등 기본적인 교정 작업
은 당연하고요. 독자가 더 쉽게 이해할 수 있도록 단어나 표
현을 바꾸거나 정보의 난이도 조절 등의 제안이나 요구를 할
수 있습니다. 독자층의 정서를 고려한 문제 제기를 할 수도
있으니 마음의 준비를 해두면 좋습니다. 이 장에서는 제 경험
을 살려 그와 관련된 사례를 이야기할까 합니다. 제목이나 목
차의 수정 등은 앞에서 이야기했기에 여기서는 생략합니다.

우리 주변의 거리 조형물과 건축물에 대한 이야기를 담은 《거리로 나온 미술관》(자음과모음)을 2022년에 냈습니다. 가장 최근 저서인데, 이때 편집자와 주고받은 내용은 편집자의 역할을 보여주는 생생한 사례라 들고 왔습니다.

**모든 작품은 자신만의 기운이 있다. 그만큼의(→그 기운만큼의; -'그'가 무엇을 뜻하는지 명확하게) 공간을 확보해야 제맛을 낸다. 그걸 무시하고 딱 붙여서 설치하면 작품끼리 충돌해 고유한 맛이 상쇄된다(225쪽).**

– ( ) 안은 편집자 지적 사항

**작품 속에 등장하는 기둥과 테라스, 침대, 책상 등 특정 공간의 구조물과 그 공간에 놓인 사물은 그 자체로 어떤 이야기를 건네며 감상자의 심리를(→마음을; -쉬운 단어로) 파고든다(232쪽).**

– ( ) 안은 편집자 지적 사항

《미술시장의 탄생》을 내면서 편집자와 원고를 세 차례 주고받았습니다. 그때 편집자가 제안해온 사항과 의견을 몇 가지 소개합니다.

● 요구 사항

1. 필자는 이 책에서 고려청자 시장의 개항기 태동설(<u>표현 어색. 풀어줘야</u>)을 주장했다.

2. 화신백화점의 경우 민족자본(<u>한국인 자본이라면 몰라도, 박홍식을 민족자본이라 하는 건 통념과 어긋남</u>)이 세운 것인 만큼 한국인 전시를 중심으로 운영한 것으로 보고 있다.

3. 익히 알다시피 고려자기는 고려 고분 안에 시신과 함께 묻혀 있었던 기물이었다(<u>모든 고려자기가 그런 건지? 이런 단정적 표현은 어째</u>). 그런 고려자기가 언제부터 지상의 햇빛을 받으며 미술품으로 변신했을까.

　- 1~3의 (　) 안은 편집자 지적 사항

● 수정 사항

**1부 1장

― 그라시민속박물관 외에 함부르크 민족학박물관 등에서 민족학박물관과 민속박물관이 뒤섞여 사용된 것은

'민속박물관'으로 통일했습니다. 표트르 대제의 인류학 민족학박물관이란 표현은 어색하지만 국립문화재연구소에서 그런 제목의 책을 냈기에 그대로 두었습니다.

— 서울과 한양, 경성 표기가 혼용되고 있습니다. 통일이 바람직할 듯합니다.

— 유물이란 표현이 자주 나오는데 죽은 사람의 물건이란 뜻이 강해 '박물관의 한국 유물'의 경우 한국 민속품이라 하는 등 경우에 따라 적절히 수정했습니다. 눈여겨 봐주기 바랍니다.


**1부 2장

— 상업 부유층이란 표현이 나오는데 지주와 달리 상업적 활동으로 부를 이룬 계층이란 뜻이 싶은데 잘 쓰이지 않는 표현으로 판단되어 절 제목에 따라 '중인 부유층' 또는 '신흥 부유층'으로 통일했습니다.


**2부 5장

— '1908년도 조선도자 소장품', '1909년도 조선도자 소장품' '1909년 오다테 가메기치大舘龜吉 납품 조선도자

분석' 절은 '미술'에 초점을 맞춘 분석으로, 품을 많이 들이기는 했지만 이 책의 메인 흐름-미술시장-과는 거리가 있음. 빼도 무방할 듯.

— '일본인 골동상 납품 독점이 갖는 의미' 절은 기존 논문을 그대로 붙인 듯 대부분의 내용이 앞에서 이미 언급되었음. 다른 장과의 분량상 균형을 감안해서라도 빼야 할 듯.

— 전체적으로 앞에서 언급된 내용과 중복된 부분이 상당함. 대대적 정비 필수.


*3부 10장

— '전람회 시대'라 했는데 혹 경매회처럼 일 년에 몇 건이나 열렸는지 통계는 없는지?

— 마지막 절에서 '테일러무역상회'와 '테일러상회'가 섞여 쓰였는데 통일하는 것이 좋지 싶음. 통례로 보면 '테일러상회'가 맞지 싶은데.


● 용어의 순화 문제

이는 '근대=자본주의' 등식에 따른 것이다. 근대에는 시

장 참가자들이 전근대적인 ~~명령적 생산 체제와 관급중심~~
~~의~~ 국가 종속 관계에서 벗어나 시장에서 이윤을 목적으
로 자유롭게 경제활동을 한다(16쪽).

– 밑줄 친 대목은 편집자 삭제 문장


● 표현의 적확성 문제

신분제 역시 폐기되어 양반과 중인층을 중심으로 취미
로 그림을 그리던 문인화가도 설 자리를 잃었다.(그림 그
리는 행위 자체야 늘 있는 거고, 애당초 문인화가들은 판매를 목
적으로 그런 것이 아니라면 '설 자리를 잃었다'는 표현은 과한
것 아닌지?)

– ( ) 안은 편집자 지적 사항


위 문장을 단행본에는 다음과 같이 수정했습니다.


신분제 역시 폐기되어 취미로 그림을 그리던 양반과 중
인층 문인화가의 존재 기반도 약화되었다(20쪽).

## ● 정보의 난이도 조절 문제

《한 폭의 한국사》를 낼 때입니다. 청소년을 대상으로 한 이 책은 반구대 암각화 이야기로 시작합니다. 울산시 울주군 언양읍 대곡리에 있는 반구대 암각화는 동국대 문명대 교수팀이 찾아냈습니다. 초고에는 발견자 이름을 넣었습니다. 편집자는 문명대라는 이름을 지우고 동국대 학술조사단으로 바꾸더라고요. 학술서라면 미술사학자 문명대라는 이름은 중요한 정보입니다. 하지만 그 책은 청소년용입니다. 군이 몰라도 되는 정보는 없앰으로써 청소년 독자의 부담을 덜어주는 것이지요.

《거리로 나온 미술관》을 내는 과정에서도 비슷한 경험이 있습니다. 이 책은 《국민일보》에 연재한 기획물 〈궁금한 미술〉을 바탕으로 했습니다. 군이 미술관에 가지 않아도 거리 조형물과 건축물 등 일상 속에 미술품이 있다는 것을 알려준다는 게 취지입니다. 이 연재물을 쓰는 과정에서 공공미술의 개선 방향을 주제로 한 논문 〈건축물 미술작품 제도 개선을 위한 서울시와 경기도 사례 연구〉를 발표했습니다. 연재물을 책으로 쓸 때는 논문 내용이랑 대학원에서 공부한 내용 등을 추가해서 시쳇말로 '쫌 아는' 티를 내고 싶었습니다.

그런데 편집자는 최종 과정에서 프롤로그에 들어간 학술적인 내용은 대폭 줄여주면 어떻겠느냐고 물어오더군요. 이 책을 읽을 독자들이 그것까지는 궁금해하지 않을 거라나요. 그래서 이렇게 고쳤습니다.

▶ 사례 1: 《거리로 나온 미술관》
  팁: 밑줄 친 문장을 삭제하는 대신 1퍼센트법에
    관한 내용은 '두 번째'에 간단히 표현

● 초고

**거리의 조형물은 크게 네 가지로 나뉜다. 우선 동상과 조각 등 정부 주도의 기념 조형물이다. 두 번째는 법(건축물 미술작품 제도)에 따라 일정 규모 이상의 건물을 신축·증축할 시 의무적으로 설치한 미술품이다. 세 번째는 서울시가 공공미술을 개선하기 위해 시행하는 '서울은 미술관' 프로그램 등을 통해 제작한 작품이다. 마지막은 기업들이 건물 가치를 높이기 위해 자발적으로 설치한 사례다. <u>이 중 가장 역사가 오래된 것은 동상이나 기념비 등 기념 조형물이다.</u> 광화문광장의 이순신 장군**

동상을 예로 들 수 있다. 가장 흔하게 볼 수 있는 것이 '건축물 미술작품 제도'에 따라 만들어진 조각물들이다. 2021년 1월 말 현재 20,157점이 설치돼 있다. 건축물 미술작품 제도는 1972년 '문화예술진흥법'을 제정하면서 이 법 제13조에서 일정 규모 이상 신축·증축한 건물에 대해 건축비의 1퍼센트 이상에 해당하는 금액을 회화, 조각 등의 '미술 장식'에 사용하도록 권장한 것이 계기가 됐다(설치는 1995년부터 의무화되고 설치비용은 2000년부터 0.7퍼센트로 낮아졌다).

단행본에는 이렇게 정리해서 서술했습니다.

거리의 조형물은 크게 네 가지로 나뉜다. 우선 동상과 조각 등 정부 주도의 기념 조형물이다. 두 번째 문화예술진흥법(건축물 미술작품 제도)에 따라 일정 규모 이상의 건물을 신축·증축할 때 건축비의 1퍼센트(2000년부터 0.7퍼센트)를 회화, 조각 등의 미술품에 쓰도록 한 이른바 '1퍼센트법'에 따라 설치된 미술품이다. 세 번째, 서울의 경우 서울시가 공공미술을 개선하기 위해 시행하는 '서울은 미술관' 프로그램 등을 통해 제작한 작품이다. 마지막은, 기업들이 건물 가치를 높이기 위해 자발적으로 설치한 사례다(10쪽).

▶ 사례 2

팁: 공공미술의 시대별 변화를
  압축해서 서술(밑줄 친 대목)

..................................................

● 초고

공공미술은 서양에서 건너온 문화다. 프랑스에서는 1951년 '1퍼센트 법'을, 미국 연방정부 공공시설청CSA은 1963년 '건축 속의 미술 프로그램'을 통해 공공미술 제도를 시행하는 등 구미欧美의 주요 도시에서는 1960년대 후반 이후 정부 단체 건물, 광장, 공원, 학교, 병원, 역사駅舍, 주택 외벽 등에 현대미술이 설치되기 시작하였다. 19세기에 기념 동상과 기념 조형물이 붐을 이루었던 것처럼 20세기 후반 들어서는 공공미술 조형물이 세기적인 트렌드가 되었던 것이다.

<u>공공미술의 개념은 시간이 흐르며 바뀌어왔다. 미술사</u>

학자 권미원의 분류법에 따르면 공공미술은 '공공장소에서의 미술' '공공공간으로서의 미술' '공공 관심 속의 미술' 등 세 단계로 발전하였다. '공공장소에서의 미술'은 예컨대 미술관이나 화랑에 전시됐던 알렉산더 콜더의 조각을 야외용으로 확대시켜 내놓았던 1960년대 중반 1970년대 중반의 공공미술이다. 이 시기에 야외에 나온 조각들은 크기나 규모를 제외하면 '공공'미술이라고 할 뚜렷한 특성을 가지고 있지 않다는 비판이 제기되었다. 이에 따라 1970년대 후반부터 '장소 특정적site-specific' 미술인 '공공공간으로서의 미술'이 등장하였다. 장소 특정적이라는 말은 공원, 광장, 공항 등 공공공간에 놓이는 미술작품은 더 이상 혼자 잘난 조각이 아니라 그것이 놓이는 장소의 문맥을 고려하는 미술이 되어야 한다는 뜻이다. 1980년대 말이 되면 공공미술의 제작 및 관리에 지역공동체의 참여가 우선시되는 '공공 관심 속의 미술'이 등장하게 된다. 미국 미니멀리즘 조각가 리처드 세라Richard Serra가 1981년 뉴욕 맨해튼에 설치한 거대한 공공미술 조각 〈기울어진 호〉가 작가의 유명세도 불구하고 시민들의 통행을 방해한다는 이유로 소송 끝에 1889년 철거된 사건이 크게 영향을 미쳤다. 수잰 레이시Suzanne Lacy는 주민이 참여하는 미술을 '새로운 장르의 공공미술'이라 명명하기도 하였다. 이 지역공동체를 기반으로 하는 미술에서는 주민들이 공공미술의 선정 및 심사에 참여하는 것을 넘어 직접 창작에 참여하는 주체가 된다. 이러한 담론을 거치며 구미에서는 수직으로 치솟는 고전적인 형태의 조각을 탈피한 새로운 시도들이 나왔다.

단행본에는 이렇게 고쳐 썼습니다.

공공미술은 서양에서 건너온 문화다. 프랑스에서는 1951년 '1퍼센트 법'을, 미국 연방정부 공공시설청CSA은 1963년 '건축 속의 미술 프로그램'을 통해 공공미술 제도를 시행하는 등 구미欧美의 주요 도시에서는 1960년대 후반 이후 정부 단체 건물, 광장, 공원, 학교, 병원, 역사駅舎, 주택 외벽 등에 현대미술이 설치되기 시작하였다. 19세기에 기념 동상과 기념 조형물이 붐을 이루었던 것처럼 20세기 후반 들어서는 공공미술 조형물이 세기적인 트렌드가 되었던 것이다.

야외 조형물은 무엇이 좋은 공공미술인가에 대한 고민이
깊어짐에 따라 바뀌어왔다. 1960년대 초기에는 실내에
전시된 조각품을 그저 크기만 키워 야외에 내놓았으나,
1970년대 후반부터는 작품이 놓이는 장소의 문맥을 고
려한 이른바 '장소 특정적site-specific' 미술로 진화하였
다. 그러다 1980년대 말부터는 제작 과정에 지역 공동체
가 참여하는 참여형 공공미술이 생겨났다. 이러한 담론
을 거치며 구미에서는 수직으로 치솟는 고전적인 형태의
조각을 탈피한 새로운 시도들이 나왔다(10~11쪽).


● 완전히 삭제하거나 위치 이동한 경우

어떤 경우는 편집자의 제안에 따라 초고의 내용이 완전
히 삭제되기도 합니다. 힘들어 원고를 썼더라도 문맥상 어울
리지 않으면 과감히 도려내야 합니다. 단, 이것은 저자가 편
집자의 의견에 동의한 경우입니다. 꼭 살려야 할 내용이라면
그것이 어울리는 지점을 찾아 '주소 이전'을 해주면 됩니다.

▶ 사례: 《미술시장의 탄생》

..........

● 초고

개항장에는 골동품이나 서화를 전문적으로 취급하는 점
포도 들어섰다. ……

그러나 상설 점포를 차려 골동품이나 서화를 판매하는
것은 인천처럼 외국인 수요가 집중된 지역에서나 나타
날 수 있는 특수한 경우로 보인다. 보다 보편적인 유통
방식은 1대 1 거래였다. 귀신을 몰아내고(辟邪) 집안을
꾸밀 목적으로 한국 가정에서 즐겨 붙이는 민화류는 외
국인도 시전에서 구입했다. 그러나 '수출화' 성격을 띤
민속적 풍속화는 서양인 고객이 화가를 수소문해 제작
을 의뢰하는 방식이 일반적이었다.

① 이렇게 구입한 그림은 한국 관련 정보를 시각적으로
잘 보여주는 이점이 있어 한국을 소개하는 서양인의 저
서에 수록되는 경우가 많았다. 예컨대, 1884년에서
1885년까지 18개월 동안 조선을 여행했던 W. R. 칼스
의 《조선 풍물지》, 1891년 조선을 여행한 캐븐디쉬A. E.

J. Cavendish의 《한국과 신령한 설산Korea and the Sacred White Mountain》, 1888년 10월 10일부터 한 달여 동안 서울에서 부산까지를 여행한 프랑스 민속학자 샤를 루이 바라Charles Louis Varat(1842~1893)의 여행 기록에 김준근으로 추정되는 화가의 그림이 실려 있다. 특히 융커 Heinrich F. J. Junker의 저서인 《기산, 한국의 옛 그림》에 실린 김준근의 삽화는 묄렌도르프의 소장품이며, 컬린 Stewart Gulin(1858~1929)의 저서 《한국의 놀이Korean Games》에 실린 그림은 " 미 해군제독 슈펠트Robert Wilson Shufeldt의 딸인 메어리 슈펠트의 주문을 받아 당시 부산 뒤편 초량에 살던 김준근이라는 화가가 1886년에 그린 것"이라고 서문에 적혀 있다.

② 앞서 얘기한 것처럼, 풍속화는 서양인의 목적과 시선에 맞춰 직업화가들이 다양한 형식으로 개발했을 뿐 아니라 제작 방식에서도 혁신을 이루었다. 김준근 그림의 경우, '기산箕山'이라는 인장이 찍혀 있는데 10여 년간 1,200여 점이 제작된 것으로 확인이 된다. 생산량이 방대하고 작품의 기량에서 차이를 보인다는 점에서 위작이라기보다는 김준근이 직간접적으로 제작에 관여해 대

**량 생산에 응하는 방식을 취했을 것으로 추정된다.**

**공방 형식의 생산체제가 가동되었을 가능성도 있다. 연구자 신선영에 따르면 스미스소니언박물관 소장품을 포함한 김준근의 작품을 보았을 때 2명 이상의 필치가 보인다. 기산의 작품은 얼굴의 무표정과 도식성 탓에 작품성이 떨어지는 것으로 평가받는다. 이는 대량 주문에 응하기 위해 예술성의 연마보다는 도식화를 통해 쉽게 양산하고자 하는 상업적인 고려가 작용한 것으로도 볼 수 있다.**(이상 밑줄 친 부분은 글 흐름상 튐. 아깝지만 빼거나 다른 적절한 위치를 찾는 게 좋을 듯—편집자 지적 사항)

**고려청자 역시 1대 1 거래가 보편적이었다. 한국인 상인의 사례는 아니지만 이를 간접적으로 보여주는 경험담이 있다.**

위의 문장은 전반적인 내용이 인천·부산·원산 등 개항장에서 일어난 미술품 중개에 관한 것입니다. 서화, 고려자기 등 미술품을 팔았던 점포 현황, 미술품의 중개 방식 등의 내용이 나옵니다. 그러니 밑줄 친 것에서 표현됐듯이 기산 김준근의 그림이 어떻게 활용됐는지① 어떤 방식으로 제작됐는지(②)는 전체적인 맥락과 어울리지 않는 내용입니다. 그래서 편집자의 제안을 받아들여 과감히 ①의 문장을 삭제했습니다. 다만 ②의 문장은 버리지 않고 〈개항기에 서양인에 의해 재발견된 풍속화 '수출화'〉라는 제목이 붙은 항목으로 이동시켰습니다.

## ① 문장 삭제

개항장에는 골동품이나 서화를 전문적으로 취급하는 점포도 들어섰다. ……

그러나 상설 점포를 차려 골동품이나 서화를 판매하는 것은 인천처럼 외국인 수요가 집중된 지역에서나 나타날 수 있는 특수한 경우로 보인다. 보다 보편적인 유통 방식은 1대 1 거래였다. 귀신을 몰아내고辟邪 집안을 꾸밀 목적으로 한국 가정에서 즐겨 붙이는 민화류는 외국인도 시전에서 구입했다. 그러나 '수출화' 성격을 띤 민속적 풍속화는 서양인 고객이 화가를 수소문해 제작을 의뢰하는 방식이 일반적이었다.

고려청자 역시 1대 1 거래가 보편적이었다. 한국인 상인의 사례는 아니지만 이를 간접적으로 보여주는 경험담이 있다 (67쪽).

## ② 위치 이동

이 같은 의뢰에 따라 그려진 '수출화'는 화가와 구매자 간 1대 1 주문에 의해 제작되었다. 수요자의 규모가 크지 않았기 때문이다. 그러나 개항기 민속적 풍속화를 구매한 서양인들은 구매 의사가 분명하고 지불 능력이 뛰어났다. 이는 이전 시대에서는 볼 수 없었던 생산자들의 상업적인 태도와 상업적인 제작 방식을 자극하는 요인으로 작용했다. 풍속화가 제작 방식에서 혁신을 이룬 것은 이런 연유에서다.

김준근의 그림의 경우, '기산箕山'이라는 인장이 찍혀 있는데 10여 년간 1,200여 점이 제작된 것으로 확인이 된다. 생산량이 방대하고 작품의 기량에서 차이를 보인다는 점에서 위작이 다수 존재하는 게 아닌가 의심할 수 있으나 그보다는 김준근이 직간접적으로 제작에 관여해 다량 생산에 응하는 방식을 취했을 것으로 추정된다.

공방 형식의 생산체제가 가동되었을 가능성도 있다. 신선영에 따르면 스미스소니언박물관 소장품을 포함한 김준근의 작품을 보았을 때 2명 이상의 필치가 보인다. 기산의 작품은 얼굴의 무표정과 도식성 탓에 작품성이 떨어지는 것으로 평가받는다. 이는 다량 주문에 응하기 위해 예술성의 연마보다 도식화를 통해 쉽게 양산하고자 하는 상업적인 고려가 작용한 때문으로도 볼 수 있다(56~58쪽).

● 독자 정서를 고려한 문제 제기

역시 《거리로 나온 미술관》을 출간할 때의 경험입니다. 책을 내는 과정에서 담당 편집자는 생각하지 못했던 부분을 지적해줬습니다. 바로 우리 사회에서 새롭게 대두된 '성인지 감수성'입니다.

▶ 사례 1: 《거리로 나온 미술관》

· · · · · · · · · · · · · · · · · · · · · · · · · · · · · · · · · · · · · · · · · · · · · · · · · · · · · · · · · · · · · · · ·

● 초고

2000년 여름 어느 날 서울의 지하철 2호선 문래역 4번 출구로 나왔다. 행선지는 이 출구와 붙어 있는 홈플러스 영등포점이었다. (중략) 거리와 면한 건물 측면 통로에 사람들이 오가는 게 보였다. OO은행 ATM기에서 뿌듯한 표정을 지으며 자식들이 입금한 용돈을 찾아 나오는 것 같은 할머니, 지하철로 갈아타려는지 자전거를 거치대에 세워두는 할아버지, <u>아이가 유치원에 가 있는 시간을 이용해 서둘러 장을 보려는지 바삐 걷는 젊은 주부</u>(;-편견의 시각일 수 있어서 수정 요)……. 조각물 한 점이 이렇게 거리를 오가는 보통 사람들을 지켜보고 있었다. <u>그들의 남편이거나 아들일</u>(;-성차별 요소 보임) 수 있는 '샐러리맨'을 형상화한 조각물이지만, 모두 눈길 한번 주지 않고 무심히 지나친다.

– 밑줄은 편집자 지적 사항

단행본에는 이렇게 바뀝니다.

(앞부분 동일) 현금 인출기 부스 안에서 뿌듯한 표정으로 나오는 할머니, 지하철로 갈아타려는지 자전거를 거치대에 세워두는 할아버지, <u>마트에 장을 보러 온 듯한 중년 여성</u>……. 그리고 건물 앞 조각물 한 점이 거리를 오가는 보통의 사람들을 지켜보고 있었다. 반면 그 앞을 지나가는 사람들은 이 '<u>샐러리맨</u>' 조각에 눈

길 한번 주지 않고 무심히 지나쳤다(81쪽).

▶ 사례 2: 《거리로 나온 미술관》

〈헨델과 그레텔〉을 읽으며 과자의 나라를 상상했던 어린 시절이 누구에게나 있지만 어른이 되어서는 더 이상 그런 꿈을 꾸지 않는다. 하지만 이 〈꿈나무〉 덕분에 어른들도 유년 시절의 추억을 깊고 깊은 기억의 우물에서 길어 올릴 수 있게 된다. 사과며 바나나며 온갖 모양의 플라스틱 모형 장난감을 가지고 소꿉놀이했던 **여성**(→사람)들에겐 더더욱 햇볕 조각처럼 또렷한 유년 시절 추억의 한 장면을 건드리는 작품일 테다(92~93쪽).
- 밑줄 친 단어는 편집자 지적 사항

편집자의 이 지적을 받고 가부장제에 젖어 사는 50대의 꼰대 감수성을 내심 반성했답니다. 이처럼 저는 편집자의 요구를 기꺼이 받아들이는 편입니다. 몇 권의 책을 내면서 편집자의 전문성이 뭔지를 이미 경험했기 때문입니다. 어떨 때는 생각하지 못한 부분을 지적해줬고, 어떨 때는 긴가민가했

3. 원고를 넘기고 나서

는데 편집자가 확인해주듯이 지적해줘 반갑기도 했습니다. 편집자야말로 여러분의 책이 독자의 사랑을 받기를 가장 바라는 사람 아닐까요?

## 3.
## 그래도 최종 책임은
## 저자 몫

앞 장에선 편집자의 말을 전적으로 따르라고 했습니다. 그러더니 이번엔 편집자의 말을 전적으로 믿지 말라니. 왜 이랬다저랬다 하느냐고요? "내 책의 주인은 나"라는 걸 강조하고 싶어서지요.

우선 책이 나오는 순간, 최종적인 책임은 편집자가 아닌 저자에게 떨어지기 때문이기도 합니다. 이걸 말해주는 꽤 알려진 사건이 있습니다. 인문서 최초의 밀리언셀러를 기록한 《나의 문화유산답사기》(창비. 이하 《답사기》) 저자 유홍준 명지대 석좌교수와 관련된 사건입니다. 그가 한 저서에서 멀쩡히 살아 있는 사람을 죽은 사람이라고 표현한 엄청난 실수를 한 적 있어요. 2018년에 나온 《나의 문화유산답사기: 산사 순례》(이하 《산사 순례》)의 '문경 봉암사' 편에서 강우방 일향한국미술사연구원장의 말을 인용하며 '돌아가신 강우방 선생'이라고 쓴 것입니다. 원로 미술사학자인 강우방 원장은 당시 77세로 미술사학계에서 활발히 활동하는 중이었는데 말입니다. 오류가 나온 경위는 이랬답니다.

《산사 순례》는 유 교수가 새롭게 쓴 저서는 아닙니다. 출판사가 우리 산사의 유네스코 세계유산 등재를 계기로 《답사기》 시리즈 가운데 산사 답사기만을 가려 뽑아 엮은 책입니다. 창비 측은 "저자인 유홍준 교수와는 관계없이 편집자가 한 실수"라며 서점 등에 깔린 책을 회수했다고 밝혔습니다.

그런데도 이 웃지 못할 실수에 대한 책임은 유 교수에게 있습니다. 그는 《산사 순례》의 서문 '산사의 미학'을 새로 썼습니다. 표지에도 '유홍준 지음'이라고 내걸었습니다. 새로 썼든, 출판사가 마케팅 차원에서 엮은 책이든, 자신의 이름으로 나간 책이라면 저자는 출간 전에 읽어보는 게 원칙입니다. 출판사 편집자가 알아서 할 거라 믿고 맡겼더니 일어난 '해프닝'이라고 책임을 돌리기엔 창피합니다. 편집자도 실수를 할 수 있는 거고, 그런 가능성을 막으려면 저자가 끝까지 원고에 책임을 지는 것 말고는 방법이 없습니다.

둘째, 편집자가 아무리 근사하게 책을 포장해도 기본 뼈대와 살이 튼실해야 좋은 책이 나오기 때문입니다. 그러더라도 미흡한 부분은 편집자와의 협업으로 보강이 될 수 있습니다. 편집자의 새로운 제안과 문제 제기에 따라 사실 여부를 더 확인하고, 더 쉽게 풀어줄 방법은 없는지 찾아보고, 책의 내용을 풍부하게 하도록 보완할 점을 추가하면서 책의 완성도는 높아집니다.

저는 편집자의 역할을 코치에 비유하고 싶습니다.

**코치는 일방적인 지시나 해결 방법을 제공하는 대신, 효과적인 질문을 통해 대안을 이끌어내는 한편, 객관적인 피드백으로 선수가 자신의 행동과 적합성, 업무의 효율성을 돌아보고 목표의 적합성을 되돌아볼 수 있도록 돕는다. 이를 통해 선수는 스스로 여러 대안을 발견해 문제 해결 능력을 갖추게 되고, 자발적이고 즉각적인 활동으로 연결되어 문제를 진취적이고 적극성을 가지고 해결하게 된다**(이희경, 《코칭 입문》, 73~74쪽).

코치는 운동선수의 기량을 크게 향상시킬 수 있습니다. 그런데 코치의 지도를 받아 훈련하는 당사자는 운동선수라는 사실을 잊지 말아야 합니다. 저자도 편집자의 코치 덕분에 완성도 높은 책을 만들어가지만 그걸 실행하는 것은 저자입니다.

마지막으로 저자는 재교, 삼교를 거치며 완전 원고를 만들어내야 함을 강조하고 싶어요. 앞에서 얘기했듯이 재교, 삼교를 할 때는 노트북 작업을 하지 말고 종이에 프린트해서 보기를 권합니다. 원래 또 자신이 쓴 원고의 흠이나 오류는 잘 안 보이니, 다른 사람한테 한번 읽어봐달라고 부탁하는 건 어떨까요. 남편이나 아내, 자녀 등 가족, 편안한 관계인 친구나 선후배에게 부탁하는 거지요. 인문학서의 서문에 보면 "원고를 검토해준 OOO에게 감사하다"는 문구가 유난히 많은데 아마 그런 이유에서겠지요. 저는 신문사에서 칼럼을 쓸 때도 최종 원고를 넘기기 전 선배나 후배에게 읽어봐달라고 부탁합니다. 단순 오탈자를 잡아내는 것은 물론, 내 주장이 말이 되는지, 논리적 비약은 없는지 등을 봐달라고요.

단행본을 낼 때도 그랬어요. 청소년 교양서인《한 폭의 한국사》를 썼을 때 당시 중학생이던 아들에게 원고를 읽어봐

달라고 했지요. "아들, 네가 이해하지 못하는 단어나 표현, (논리적 비약으로) 수긍이 가지 않는 대목이 있으면 빨간색으로 표시해줄래"라고요. 아들이 표시한 빨간펜은 책의 주 독자층인 청소년 눈높이에 맞춰 원고를 손보는 데 큰 도움이 됐답니다.

여러분이 내는 책이 학술서가 아니라 교양서라면 더더욱 이런 방법을 써보기를 권합니다. 학계에선 일반적인 용어라도 일반 독자라면 어려운 경우가 많기 때문입니다. 비전공자가 봤을 때 이해하기 힘든 표현은 없는지, 정보의 수준과 양은 어떤지, 어떤 대목이 특히 재미가 없는지 등을 봐달라고 부탁해보세요. 그렇게 해서 내가 쓴 단행본을 좀 더 많은 사람이 읽을 수 있다면, 반드시 거쳐야 하는 좋은 퇴고 과정이 아닐까요.

# 4.
## 그 밖에 알아두면
## 좋은 것들

"책은 꼭 내고 싶은데 잘 안 돼요, 무슨 뾰족한 수가 없을까요." 이런 고민을 얘기하는 사람이 많습니다. 바란다고 다 되면 세상 참 살기 쉽겠죠? 실행으로 이어질 수 있는 좋은 수가 없을까요?

저는 마감 효과를 꼽고 싶어요. 기자로 일하며 마감 효과를 매일매일 실감하며 삽니다. 마감은 생명선입니다. 그러니 마감을 앞두면 저도 모르는 괴력이 나올 때가 있어요. 고도의 집중력이 발휘되며 도저히 불가능할 것 같은 분량의 기사가 완성돼 있어 제가 다 놀란다니까요. 심지어 생각도 하지 못하던 멋진 표현이 마지막 순간에 나오기도 하고요. 거꾸로 오늘 마감이 예정되어 있던 기사가 막판에 지면 사정으로 하루 밀리게 되면 갑자기 맥이 탁 풀리며 진도가 안 나가기도 한답니다.

출판사 원고는 마감 시간이 없으니 문제입니다. 출판사와 계약이 된 후라면 출판사 편집자가 마감을 채근하면 됩니다만 그전에는 허허벌판에서 혼자 작업하는 거나 마찬가지예요. 홀로 원고와 씨름해야 하는 고독한 처지입니다. 이럴 땐 임의로 마감 장치를 마련하는 것도 방법입니다. 휴가를 길게 내서 이 기간에 초고의 3분의 1을 쓰겠다는 식으로 자기만의 목표를 정하는 거지요. 또 블로그를 운영한다면 여기에 글을 올려보는 건 어떨까요. 카카오 브런치 등 온라인 사이트에 기고할 수도 있겠지요.

욕심을 내 저술지원 프로그램의 공모에 응모하는 것도 방법입니다. 한국연구재단에서도 인문사회분야 논문을 학술서로 출판하는 사업을 지원합니다. 한국출판문화산업진흥원에서도 인문교양, 사회과학, 과학분야 등을 대상으로 우수출판콘텐츠 제작지원 사업을 하고 있습니다. 이런 공모를 목전에 두면 진도가 아주 빨리 나가는 장점이 있습니

3. 원고를 넘기고 나서

다. 또 지원서를 쓰는 과정에서 출판기획안이 구체화하는 이점이 있습니다.

떨어지면 어떡하냐고요. 안 하는 것보다 낫습니다. 그동안 작업한 성과는 남아 있으니까요. 보완해서 내년에 다시 도전해도 되고요.

경험상 원고의 충실도도 중요하지만, 기획서를 잘 쓰는 게 특히 중요합니다. 저는 언론인을 대상으로 한 저술지원 공모에 신청해 당선된 경험이 두 번 있습니다. 둘 다 한 번 떨어진 뒤 재도전해서 합격했습니다. 놀라운 건 같은 원고인데도 기획서만 달리해 썼는데 '철썩' 붙더라고요. 기획서를 쓸 때는 심사위원들이 관련 분야 전문가가 아닌 점을 고려해 대중적으로 쓰는 게 낫지 않을까 싶습니다. 그러면서도 기획서 내용에 저자의 전문성이 느껴져야겠지요. 그래서 저는 기획서를 쓸 때 그 분야 권위자가 남긴 문구를 인용합니다. 그러면서도 상식적으로 알 만한 유명인도 동시에 집어넣어 심사위원들의 지적 만족감을 채워주려고 합니다.

출판사와 계약을 할 때는 통상 책값의 10퍼센트를 인세로 받습니다. '인세 10퍼센트' 룰은 제아무리 유명한 작가에게도 지켜지는 룰입니다.

논문을 단행본으로 낼 때 꼭지당 원고 분량은 200자 원고지 40~50매가 적당한 것 같습니다. 그 정도는 돼야 한 주제에 푹 몸을 적시고 나온 기분을 줍니다. 중간에 소제목 두세 개를 넣어 독자가 질리지 않게 해주는 게 좋습니다. 분량이 너무 짧으면 읽다가 만 듯한 느낌, 발만 담그고 나온 느낌을 줍니다. 반면 이보다 분량이 길면 독자가 지루해할 수 있습니다. 무엇보다 첫 책을 쓰는 저자라면 40매가 넘는 분량을 휘몰아치듯 재미있게 쓴다는 건 생각보다 쉽지 않습니다. 이 책의 경우는 에세이처럼 가볍게 글 쓴 경험을 알려주는 것이라 꼭지당 15매 정도로 썼습니다. 이처럼 책의 성격에 따라 꼭지당 적절하다고 여겨지는 원고지 분량은 다릅니다.

책이 나오면 기분은 날아갈 듯합니다. 마침내 저자의 반열에 오르는 것이거든요. "와, 이제 끝!"이라고요? 아직 할일이 남아 있습니다. 고생고생해서 낸 책이니 널리 알려지도록 홍보를 하는 것도 저자의 임무입니다. 책의 홍보는 출판사 몫이지만 저자가 도울 수 있는 부분이 있습니다. 과거에는 신문이나 방송에 출판 소식으로 소개되는 게 홍보의 전부였습니다. 요즘은 페이스북, 인스타그램, 트위터 같은 SNS나 블로그 등 개인이 홍보할 수 있는 곳이 널려 있습니다. 주변에 '인플루언서'가 있다면 슬쩍 책 소개를 부탁해보는 것은 어떨까요.《미술시장의 탄생》의 경우 4만 5,000여 명이 팔로우하는 어느 인플루언서가 포스팅해준 적이 있는데, 온라인 서점 판매지수가 쑥쑥 올라가는 걸 보고 깜짝 놀란 적이 있습니다.

저자가 되면 새로운 세계가 열립니다. 전에는 모르던 세계. 바로 '저자 강연' 요청이 오는 것이지요. 비로소 한 분야의 전문가로 인정받는 것입니다. 우리 사회에서 전문가로 인정받으려면 연구자들 사이에서만 읽히는 논문이 아니라 대중들 사이에 유통되는 저서를 갖는 게 중요합니다. 농담 삼아 "'기자 손영옥'은 부르지 않아도 '저자 손영옥'은 강사로 불러준다"라고 말하곤 합니다. 그리고 강연은 여러분이 책을 홍보하는 또 다른 무대가 되어줄 겁니다. 마지막으로《미술시장의 탄생》을 출간한 후 쏟아진 서평 중 두 편을 소개해봅니다.

《미술시장의 탄생》
서평 01

# 미술시장에 흘러넘친 건
# 자본주의 욕망이었네

...

**한겨레**
**이유진 기자**

영국 런던에서 발행한 주간지 〈더 그래픽〉 1909년 12월 4일
치에 한 삽화가 실렸다. 사파리 헬멧 같은 모자를 쓴 서양 남
자가 조선백자를 손에 얹고 조선인 상인들과 흥정하는 그림
이었다. 조선 미술품과 서양인의 만남을 상징하는 이 그림에
서 보듯, 개항은 한국 미술시장사의 큰 전환점이었다. 전근
대적 미술시장이 근대적 자본주의 방식으로 이행하면서 고
려청자와 조선백자 등이 '미술'로 재발견되었던 것이다.

《미술시장의 탄생: 광통교 서화사에서 백화점 갤러리까지》
는 한국의 근대적 미술시장의 탄생부터 완성까지 70년사를 통
괄한다. 1876년 처음 서양에 문호를 개방하고 해방에 이르는
시간 동안 화랑과 경매 발전사를 양축으로 하여 서화와 고미술
품 생산과 거래가 어떻게 이뤄졌는지 다룬 보기 드문 미술품
거래의 역사다. 중앙일간지 미술·문화재 전문기자로 일하면서
올해 한 신문사 신춘문예에 미술평론으로 당선(필명 손정)되기
도 한 지은이 손영옥은 박사학위논문으로 〈한국 근대 미술시
장 형성사 연구〉를 썼고 이를 뼈대로 책을 완성했다. 이번 책
에서는 특히 개항 뒤 한반도를 찾은 서구인 등 미술품 수요자
와 그들에게 자극받은 화가, 그리고 중개자인 화상들의 자본주
의적 욕망 추구와 상호관계를 통해 한국의 근대적 미술시장이
어떻게 완성되었는지를 역동적이면서도 실감나게 보여준다.

먼저, 18~19세기 전반 한양의 '광통교 그림가게'. 이곳
은 자생적 화랑과 근대적 직업화가의 맹아였다. 당시 무명의
직업화가들은 사람들이 집안에 복을 불러들일 생각으로 붙
이던 길상화吉祥畵를 그려 팔았다. 지은이는 그 뒤 근대적 미
술시장을 형성한 행위자들의 상업적 태도에 눈길을 준다. 도

화서 제도가 폐지되고 화가들이 생존 경쟁에 내몰릴 때, 개항장과 대도시에 출현한 서양인들은 본국의 요구에 따라 풍속화 등을 실어 날랐다. 대한제국기 고종의 외교 고문을 지낸 독일인 파울 게오르크 폰 묄렌도르프(1848~1901), 선교사이자 의사이며 외교관이었던 미국인 호러스 앨런(1858~1932)은 당시 미술시장의 대표적인 컬렉터였다. 이 '큰손'들은 개인 취향이라기보다 박물관이 준 가이드라인에 따라 머리빗부터 그림까지 다양한 품목을 수집했다.

개항기 서양인들은 '미지의 신선한 나라'의 일상을 화폭에 옮긴 '풍속화'를 선호했다. 특히 기산 김준근(생몰년도 미상)의 풍속화는 10여 년간 1,200여 점이 제작된 것으로 확인되며 현재 한국보다 네덜란드, 독일, 프랑스 등 외국에 더 많이 소장되어 있다. 그의 그림은 형벌, 제사, 장례 풍습 등 서양인들의 관심을 끄는 장면들이 많았다. 초상화가로 이름을 날린 도화서 화원 조중묵(생몰년도 미상)은 철종 어진(1852)과 고종 어진(1872) 제작 때 책임을 맡은 화사였다. 그가 그린 〈미인도〉는 묄렌도르프가 1883년 주문해 구입한 것인데, 저고리와 치마 등의 주름과 입체감에서 서양화의 느낌이 강하다. 직업화가들은 서양인들의 취향에 맞는 그림을 그려주었고 중개 상인들은 너도나도 죄의식 없이 도굴한 고려자기를 헐값에 서양인들에게 팔았다.

그다음 한국의 미술시장을 장악한 이들은 일본인이었다. 일제의 이른바 '문화통치' 이전인 1905년부터 1919년까지, 일본인들은 도굴된 고려자기에 눈독을 들였다. '고려청자광' 이토 히로부미가 초대 통감으로 조선에 머무른 1906년께 고려자기는 세인의 관심을 끌었고 수집 열기는 몇 년 후 절정에 달했다. 1909년 신문에는 옛 서화와 서책 따위를 파는 행위가 나라를 파는 것이나 같다며 꾸짖는 글이 실리기도 했다. 1912~13년께 고려청자 수집 열기는 "악머구리 떼 모양"으로 묘사되기도 했다. 이왕가박물관(1908~1945)은 한반도 최초의 근대 박물관으로 일제통감부 시절 창경궁 안에 만들어졌다. 이곳과 조선총독부박물관(1915~1945)을 통로 삼아 일본 골동상들은 도자기 납품 등 미술시장을 장악했다. 1911년 무렵 서울 인사동에 형성되었던 한국인 골동상은 방물가게나 잡화가게에 가까운 수준으로 영세했기에 서양인들은 일본인 골동상을 더 신뢰했다. 국권 침탈 이후 서울 북촌 양반동네에서 흘러

나온 조선 고서화는 일본인 수중에 속속 들어갔다. 이에 지은이는 "한 나라의 몰락이 미술품 수장가 교체현상을 불러온 것"이라고 담담하면서도 한탄조로 분석한다. 이왕가박물관의 실세였던 일본인 운영 주체들은 친일파로 지탄받는 조선인 전문가들의 도움을 받았을 것으로 추정된다.

그 밖에도 책은 근대적 미술시장이 본격화한 1920년대 '전람회의 시대', 자본주의의 영향이 확대된 1930년대 이후 '모던의 시대'에 나타난 한국의 갤러리를 조명한다. 1930년대 미술시장에서 두드러진 점은 수요자들에게 투자심리가 나타난 것이다. 미술품을 영구 소장하는 애호품이 아니라 차익을 실현하는 투자 상품으로 생각하게 되었기 때문이다. 당시 경성미술구락부 경매는 미술품 수요자들에게 엄청난 수익을 안겨주었고 미술품이 투자 상품이라는 인식이 확산되었다. 소장품을 되파는 경매 같은 2차 시장도 1930년대 후반 들어 활기를 띠었으며 한국인 수장가와 중개상도 미술시장 전면에 등장했다. 제국주의를 꿈꾸던 일본이 1937년 중일전쟁을 일으켜 전시경제체제로 들어갔지만 경성미술구락부가 올린 1941년 매상액은 전해에 견줘 1.7배나 늘었다. 일본의 식민지 수탈이

극성을 이루던 시기, 대중의 핍진한 삶과 달리 상류층의 미술품 향유 문화 붐을 타고 미술시장은 급성장했다.

개항 이후 70년간 미술시장에 출렁이며 흘러넘친 건 단지 미술품, 미술시장만이 아니라 "자본주의적 욕망"이었다고 지은이는 밝힌다. 고려자기에 열광하던 식민지 통치층과 상류층, 발 빠르게 시장을 선점했던 서양인과 일본인 골동상, 그리고 민족문화재의 반출을 막으려 한 간송 전형필 등 나라 안팎의 컬렉터들과 1930년대 경쟁하듯 들어선 백화점 갤러리에 내걸린 미술품들⋯⋯. 한국 근대 미술시장사를 표방한 이 책이 결국 향한 곳은 미술로 보는, 복잡하고 시린 한국 근현대사일지도 모르겠다.

# 아주 낯선 욕망에 눈뜨다…
# 초상화 사고 백자 팔고

···

이데일리
오현주 문화전문기자

1905년 을사늑약이 체결되자 관직을 내던지고 낙향한 '인기 초상화가'가 있다. 이후 그는 고향 전주는 물론이고 익산·변산·고부·남원 등을 다니며 항일 우국지사와 유학자들의 초상 그리기에 몰두했는데. 이때 그가 도입한 파격적인 방침이 있다. '정찰가격제'다. 그의 초상화 한 점을 받으려면 제법 큰 '현금'이 필요했던 거다. 전신상에 100원, 반신상에 70원. 그 시절 이 돈이면 뭘 살 수 있었을까. 소 한 마리다. 1928년

임실에서 소 한 마리를 82원에 거래했다는 기록이 있으니. 그의 초상화 한 점에 웬만한 집안의 보물인 소 정도는 우습게 바쳐야 했다는 얘기다.

석지 채용신(1850~1941). 바로 그 '초상화가'다. 전통양식을 따른 마지막 인물화가인 동시에 전통에만 매이지 않는, 세부묘사부터 원근과 명암까지, 서양화법을 과감히 받아들인 한국화가다. 꽃도 새도 산수도 그렸지만, 그이의 이름에는 단연 '초상화가'란 타이틀이 붙는다. 한국회화사상 초상화를 가장 많이 그린 작가기도 했으니까. '양'만이 아니다. '질'도 만만치 않다. 대표작으로 '고종황제어진' '영조어진' '흥선대원군 초상' '최익현 초상' 등이 꼽히니.

능력도 능력이지만 흥미로운 건 그의 지극히 현대적인 '사업수완'이었다. 신문광고, 가족경영, 선수금 등의 개념을 도입했으니까. 이런 거다. 초상화를 의뢰한 고객에겐 막내아들을 파견해 선수금 20원을 받아오게 했단다. 이후의 고객 접대는 큰아들 몫이었고. 나중에는 '초상화 제작합니다'로 신문에 광고까지 냈다. 작가이력·제작가격을 일목요연하게 정리해서. 증명사진 같은 초상화란 특수성이 마땅히 반영됐을 터. 하지만 이를 한국미술시장의 첫 장면으로 삼는 데는 무리가 없다.

• "초상화 그리시게? 소 한 마리 값 82원만 내셔"

5,000억원 규모를 목전에 뒀다. 한 해에 4만 점쯤 거래된다. 화랑·경매사·아트페어 등서 여는 전시·경매가 6200회쯤 되고(미술관 2640회는 별도), 200만 명이 둘러보고 작품을 살까 말까 고민한다. 드디어 100억원 대를 넘긴 그림(지난해 김환기의 '우주'가 132억원에 낙찰됐다)도 나왔다. 바로 요즘의 한국미술시장이 말이다.

시장 사정이 어떻든 그건 나중 문제고, 이만큼의 미술시장이 태동한 때가 분명 있을 터. 채용신의 '사업수완'에 빗대본 그 시기의 풍경은 '개항기'(1876~1904)부터 '일제강점기'가 끝나는 해방 이전까지 불과 70년 안팎에서 만들어졌단다. 중절모를 쓴 백인신사가 갓끈을 질끈 묶은 조선인을 상대로 백자항아리를 놓고 흥정하고, 일본 관료와 화상이 앞다퉈 조선미술품을 빼내던 그때 말이다. 책은 현직 미술·문화재전문기자로 활약하는 저자가 오랜 시간 잡아낸 그때 그 풍경이다. 화랑·경매 등 대표적 미술시장부터 그림 보는 눈높이를 배워간 전시장의 출현까지. 한마디로 '미술'로 다시 쓴 통사다.

특히 저자가 주목한 것은 개항기. "한국미술시장에서 가장 격동적인 변화가 일어났던 시기"란 진단에서다. 주먹구구식 행태에서 벗어나 근대적인 자본주의 생산방식을 따라 미술품을 제작하고 사고팔던 시점. 화랑의 전신인 '지전' '서화관'이 생기고, 이후 '백화점갤러리' '전람회' 등이 등장하는 기반을 다진 것도 이때고. 이 과정은 마치 계획했던 대로 일사천리로 진행됐는데. 무엇보다 황명도 아니고 국가정책도 아닌, 오로지 상업적 목적이 만든 시장이란다. 말 그대로 돈 벌기 위해 그림을 그리고 더 큰돈을 위해 그림을 파는.

이 세세한 관찰을 위해 저자는 특별한 키워드를 내놓는데. '욕망'이다. 이때의 장면을 좇기 위해선, 끼니를 찾아 연명하던 그 시절에도 꿈틀대던 미술품에 대한 갈망을 들여다봐야 한다는 주장이다. 자극은 외지인으로부터였다. 개항기 조선화가들은 서양인 취향에 맞춘 풍속화를 그려 팔았고, 무덤에서 도자기·토기까지 몰래 꺼내 그들의 품에 안겼다. 일제강점기에는 그 중간절차도 필요 없었다. 고려자기 등을 닥치는 대로 도굴한 일본 상인들이 골동품상점을 열어 되팔고 경매까지 붙였으니. 첫 미술전시회라 할 '조선미술전람회'도 1922년부터 조선총독부가 주최했고.

어찌 보면 1930년대 이후 본격적인 상업화랑시대는 수십 년에 걸친 미술시장의 기형적 형성이 남긴 '사생아'일 수도 있다. 뿌리고 거두고 만드는 노동을 하지 않고도, 내 돈을 직접 투자하지 않고도 이익을 낼 수 있는 방법 중 하나로 '미술품 거래'를 순식간에 터득한 셈인데. 이제껏 경험하지 못한 '아주 낯선 욕망'이었던 거다.

● 한국인 수장가 등장했지만…한국미술시장
  태생의 한계 남아

물론 전혀 다른 장면도 있다. 국내 미술품수장가가 본격 등장한 시기로 저자는 역시 이즈음을 꼽는다. 책은 그 역사적인 현장도 기록해뒀다. 1936년 11월 22일. 일본인 저축은행장이던 모리 고이치가 생전 수집한 고미술품을 모조리 꺼내놓는 날이었는데. 한국 최초 미술품 경매회사던 경성미술구락부에서 연 이날 경매의 하이라이트는 '백자청화철채동채초충난국문병'. 절제된 화려함을 지녔다고 평가받던 조선백자였다. 500원을 부른 시작가는 단숨에 7000원을 넘겼고, 호가대결은 마치 '조선인 대 일본인' 구도로 보였다. 실제 조선인 컬렉터와 일본 최고 골동상 사이에 불꽃이 튀었다니.

결국 낙찰가는 1만 4580원. 과연 백자는 어디로? 조선인이다. 간송 전형필(1906~1962). 31세의 그가 일본인의 독무대였던 당시 고미술품시장에 대수장가로 떠오른 순간이었다. 그 무렵 조선백자의 경매시세는 100~2100원 사이였다니, 이 충격적인 거래가 조선백자의 가격상승에 불을 놨던 건 물론이다. 일본으로 하염없이 유출되던 문화재를 끊임없이 사들였던 간송. 그의 이날 활약 덕에 이 백자는 훗날 국보 제294호로 등록된다.

어차피 한계는 있다. '한국미술시장'의 태생이말이다. 일제침탈이란 무거운 변수를 안고 가야 했으니. 서민과는 동떨어진 상류층 필요에 의해 얼개가 짜인 구조란 점도 편파적이고. 간송이 '문화재지킴이'가 될 수 있었던 것도 막대하게 쏟아부은 돈 덕분이 아니었나. 말로 다할 수 없게 고마운 일이었지만, 100년이 지난 지금껏 미술품 거래가 '그들만의 문화'란 인식이 꺾이지 않은 건 결국 '태생의 한계' 탓일 수 있는 거다.

그 뼈아픈 과정에 대한 감정적 동요는 접었다. 책은 담담한 시선으로 아카이브가 턱없이 빈곤한 그 시절의 퍼즐을 맞추는 데 공을 들였다. 롤러코스터보단 오리배를 택했다고 할까. 내 발을 얼마나 휘젓느냐에 따라 앞으로 더 많이 보일 것도 닮았다.

참고 자료